第十三回 田中裕明賞発表
相子智恵句集
『呼応』（こおう）

第一句集
澤俳句叢書第三一篇
二〇二一年一二月一一日発行
四六版変形上製カバー装
発行・株式会社左右社
定価１８００円＋税

選考委員
佐藤郁良・関悦史・
高田正子・髙柳克弘

相子智恵《あいこ・ちえ》

©俳句四季：西井洋子

【略歴】
一九七六年　長野県飯田市生まれ
一九九五年　小澤實に師事
二〇〇〇年　「澤」創刊に参加
二〇〇三年　澤新人賞受賞
二〇〇五年　澤特別作品賞受賞
二〇〇九年　第五五回角川俳句賞受賞
共著に『セレクション俳人 プラス 新撰21』（邑書林）『虚子に学ぶ俳句365日』『子規に学ぶ俳句365日』（草思社）『俳コレ』（邑書林）『新興俳句アンソロジー 何が新しかったのか』（ふらんす堂）。「澤」同人、俳人協会会員。

受賞者の言葉

二〇〇四年の歳晩のことだった。「澤」編集部のメーリングリストに、たった一行のメールが流れてきた。「澤」主宰である師の小澤實が、田中裕明の訃報を受けて思わず書いたようだ。親友を失った動揺と悲痛に満ちた、まるで幼子の叫びのような短いメールの言葉は、十七年が経った今でもよく覚えている。皮肉にもこれが、私が田中裕明の俳句に出会うきっかけとなったのだった。

『田中裕明全句集』をまた開いてみた。最初に読んだ時の鉛筆書きのレ点と丸がたくさんついている。好きな句の印がレ点で、もっと好きな句が丸だ。レ点と丸は、ぐらぐらと揺れている。祖母の訃報を受けて、東京から飯田へと向かう中央道高速バスの振動の中で読んでいたからだ。あの日、バスの窓から見つめた冬山の姿も、なぜだかよく覚えている。

そんなふうに細部はよく覚えているというのに、私は自分の俳句や文章は後から読むのが恥ずかしくて苦手で、書いたそばから忘れていってしまう。高速バスの中でつけていたぐらぐらの丸は、『田中裕明全句集』を当時の若手俳人・歌人・詩人が読むという、ふらんす堂のＷＥＢ企画「昼寝の国の人——田中裕明全句集を読む』のために鑑賞する句を選んでいたのだった。その企画は二〇〇八年に小冊子になっている。

そうだ、あの小冊子には何を書いたのだったっけ、と今回改めて引っ張り出してみて笑ってしまった。自己紹介の文章の一部が、『呼応』のあとがきの一部にそっくりだったからである。すっかり忘れて、また同じことを書いていたのだ。いや、その一部分こそが、自分が意識的にも無意識にも、ずっと思い続けてきたことなのだろう。

七歳になった息子が、やっと逆上がりができるようになった夕方、受賞の報せをいただいた。今晩は逆上がりができたお祝いと、俳句の賞のお祝いを一緒にやろうと息子に話しながら、

紫雲英草まるく敷きつめ子が二人　『山信』

の一句を思った。裕明の第一句集『山信』冒頭に置かれた子どもの句。天上の音楽が聴こえてきそうなこの句が、十八歳の作だということを。その「俳句の神に愛され」た才を。

次の日、息子がまた逆上がりを見せてあげると嬉しそうに言うので、公園に行った。しかし、逆上がりはできなくなっていた。悔しくて何度も何度も空へ足を振り上げ続けて、ようやくまた三回できた。平凡な私も、これから何度も何度も俳句を詠み続けていれば、いつか三回くらいは、天上の音楽が聴こえるような句を詠むことができるのだろうか。裕明が亡くなった年齢を、私はもう超えてしまった。

空へゆく階段のなし稲の花　『夜の客人』

逆上がりと受賞の報せの日。こういう細部は、ずっと忘れない自信がある。

◆

拙い句集に美点を見出してくださった選考委員の皆さまに、心より御礼申し上げます。また、小澤實先生を始め、この句集にかかわってくださったすべての皆さまに感謝いたします。

受賞作品『呼応』（相子智恵）より　自選三十句

プリンやや匙に抵抗して春日
まゐつたと言ひて楽しき夕立かな
死骸引く蟻我が上をゆきにけり
北斎漫画ぽろぽろ人のこぼるる秋
にはとりのまぶた下よりとぢて冬
春水として隅田川大曲り
火星にも水や蚕の糸吐く夜
背泳ぎの一人は曲がり進みをり
蔦のひげ吸盤あまた家吸ひぬ
冷やかや携帯電話耳照らす
一滴の我一瀑を落ちにけり
遠火事や玻璃にひとすぢ鳥の糞
富士壺の口寒月の照らしをり
ゴールポスト遠く向きあふ桜かな

金魚に名無くて「金魚のはか」とのみ
夏逝くや壜に半透明の影
日盛や梯子貼りつくガスタンク
すでに暗き汝が顔夜店離れれば
砂払ふ浮輪の中の鈴の音
ひとつづつ脚たたみ鹿もう寝るか
雪雲の日裏ずんずん進みくる
牡丹雪みるみる傘を暗くせり
桜餅指に蹼ありしころ
吊革の誰彼の目の遠花火
畦焼きぬ焼けざる草の突つ立ちぬ
色ある物を瓦礫と呼ぶほかなくて灼けて
とことはに後ろに進む踊かな
湯豆腐の底だぶだぶの大昆布
片手明るし手袋をまた失くし
群青世界セーターを頭の抜くるまで

候補作品

岡田一実句集『光聴』　二〇二一年三月二五日　素粒社

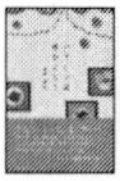
木田智美句集『パーティは明日にして』　二〇二一年四月二七日　書肆侃侃房

清水右子句集『外側の私』　二〇二一年五月二九日　ふらんす堂

佐藤文香句集『菊は雪』　二〇二一年六月三〇日　左右社

加藤又三郎句集『森』　二〇二一年六月三〇日　邑書林

赤野四羽句集『ホフリ』　二〇二一年九月三〇日　RANGAI文庫

佐藤智子句集『ぜんぶ残して湖へ』　二〇二一年一一月三〇日　左右社

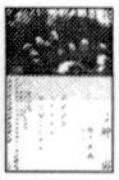
相子智恵句集『呼応』　二〇二一年一二月一二日　左右社

西川火尖句集『サーチライト』　二〇二一年一二月二八日　文學の森

選考経過報告

第13回田中裕明賞の選考会は、5月14日の午後2時よりリモート会議による選考会となりました。

選考委員は、あらかじめ良いと思われるものに3点、2点、1点をつけてもらい上位3位までを決めてもらいます。

その結果、相子智恵句集『呼応』11点、岡田一実句集『光聴』5点、西川火尖句集『サーチライト』5点、佐藤文香句集『菊は雪』2点、清水右子句集『外側の私』1点、という結果となりました。

3人の選考委員が句集『呼応』に最高点の3点を付け、関悦史選考委員が2点、しかし、3点を付けてもよいと思ったくらい良い句集であったという関選考委員の前置きがあり、その上でひとつひとつの句集について話し合いをいたしました。

その結果、最高点をとった句集『呼応』の受賞は選考委員のだれも異存がなく、今回の田中裕明賞の受賞となりました。

得点の入った句集のみでなく、得点の入らなかった句集についてもそれぞれの評価がきっちりとされ、全体的にレベルの高かった応募句集であったと思います。

冊子「田中裕明賞」にすべて記録されていますので、応募者の方は是非に読んでいただきたいと思います。

ふらんす堂　山岡喜美子

選考会

●選考委員
佐藤郁良
関　悦史
髙田正子
髙柳克弘

●司会
山岡喜美子（ふらんす堂）

※文章内の掲句の後ろの（　）は各集のページ数です。

選考委員＼応募句集	呼応	光聴	サーチライト	菊は雪	外側の私	パーティは明日にして	森	ホフリ	ぜんぶ残して湖へ
佐藤	3		2		1				
関	2	3	1						
髙田	3	2		1					
髙柳	3		2	1					
計	11	5	5	2	1	0	0	0	0

司会：第13回田中裕明賞選考会を始めたいと思います。今回は前回よりも3冊多い、全部で9冊の応募がありました。刊行順で申し上げます。岡田一実句集『光聴』、木田智美句集『パーティは明日にして』、清水右子句集『外側の私』、佐藤文香句集『菊は雪』、加藤又三郎句集『森』、赤野四羽句集『ホフリ』、佐藤智子句集『ぜんぶ残して湖へ』、相子智恵句集『呼応』、西川火尖句集『サーチライト』以上の9冊でした。選考結果は、一番点数の多かった句集が相子智恵さんの『呼応』で11点、2位は同点で岡田一実さんの『光聴』、西川火尖さんの『サーチライト』でそれぞれ5点、佐藤文香さんの『菊は雪』が2点、清水右子さんの『外側の私』が1点と続き、あとは点が入らなかったといった結果でした。まず、9冊をお読みになった全体の評をお話しいただきたいと思います。佐藤郁良選考委員からお願いします。

佐藤：今回は9冊ということで去年より冊数もありましたし、時間をかけて9冊の句集を何度か読ませていただきました。それぞれ魅力もあり、見どころもありという感じでしたけれども、私の中では印象がきっぱり分かれたと言いましょうか。非常に惹かれた句集が何冊かありまして、結果的にそれを今回推させて頂きました。去年よりは迷わなかったという印象です。

司会：髙田選考委員お願いします。

髙田：さっき「9冊は大変でしたか」と聞かれたんですけれど、読むだけならそんなに大変ではなく楽しかったと思います。たくさん読ませていただいた方が、今の若い方々ってこんな風に考えているんだなあというのが分かりますから。今回は、最初から「ああ、この句集だなあ」というのに出会ったので、3位と4位でどうしようかなと迷ったくらいです。今年は私の中では割とすっきりとまとまったなと。そして結果を拝見して、皆さまも同じだったのかもしれないと思いました。

司会：髙柳選考委員、お願いします。

髙柳：若い人の賞だということで、そこに俳句の世界の最前線があるとはイコールでは結ばれないと思うんですね。ベテランの方でも一番新しいところを攻めていらっしゃる方がいると思います。とは言えど、やはり最前線を攻めようという意識に溢れた人、意識的な人が多く応募されている。そういう賞だとは思っています。毎回、一年に一度、今の俳人がどういう新しみを攻めているんだろう。俳句の世界は今後どういう風に開けていくんだろう。そんな展望を見る機会にもさせてもらっています。今回もそういう新しい芽吹きと言いますか、うごめきを感じるところはありました。明治以降の写生に基づく、端的に言えばリアリズムの俳句が今後どうなっていくのかと考えながら選考に当たりました。その結果が今回の私の点数に出ているんじゃないかなと思っています。

司会：関選考委員、お願いします。

関：今回も面白い句集がいくつもあって、時評みたいに毎月何か書くという枠だと拾いにくい話題なんですけれども、この選考などを見ていると何年か前から50代以下くらいの若い人の句集が豊作な時期に入っているんじゃないかなという気もします。それが社会性なり人間探究派なり、ひとつの方向を向いた流派にはなっていないんですが、個別の句集で結構重要なものがいくつも出てきている。今回の候補作の中にもそういうのがあって、それぞれ単に新しいというだけではなくて独自の様式を築きつつあるか、あるいは完成しているか、そういう方が何人かいたと思いました。最初に言っておきますが佐藤文香さんの

『菊は雪』を私は高く評価していますが、一緒の同人誌にいますので点は入れていません。句集の制作には私はまったく関与していないので、句集になってから初めて見て「佐藤さん、すごい本を作ったな」と思ったんですけれども。「翻車魚《まんぼう》」という同人誌で一緒なのですが、「翻車魚」ができた経緯というのが、私がそれまで主な作品発表の舞台としていた「ガニメデ」という詩誌が終刊になってしまい、まとめて作品発表をする機会がなくなってどうしようかと思っていた時期に、たまたま佐藤文香さんが個人誌を出そうかなと思っていたというので、そこに編集なんかは全部佐藤さんまかせで居候させてもらうような形で二人体制で同人誌を始めてしまったというものでした。いくら何でも近すぎるので点は入れていません。配点の結果を見ると、私が『菊は雪』に最高点を入れたとしても、『呼応』の1位は動かないということになりますけれど。『菊は雪』を外した後の順位はかなり迷いました。

相子智恵句集『呼応』

司会：ありがとうございました。田中裕明賞は若い俳人に向けた賞ですけれども、今回は年齢的なものを見ると9冊のうち40代の方が6人、30代が2人、20代がおひとりでした。若いからお力がないというわけではありませんが、かなり力のある方たちが応募して下さったのだなあと思います。それでは最高点をとった句集から評をお願いしたいと思います。最高点の11点を取られた相子智恵さんの句集『呼応』。こちらは12月11日に左右社から刊行された第一句集です。相子さんは１９７６年で現在46歳、２００３年に澤新人賞を受賞されていて、２００９年に第55回角川俳句賞を受賞されています。「澤」同人で俳人協会会員でいらっしゃいます。３点を入れられたのは佐藤選考委員、髙柳選考委員、髙田選考委員。関選考委員は2点ということでした。髙田選考委員からお願いします。

髙田：１９９７年から２０１３年の作品が収められています。だから作りはじめの本当に初期の句も入っていて、この方の歩みが分かる。急速に伸びてきた人だということが分かる句集だと思いました。２０１３年までですから、この続編もまたすぐに出されるのではないかと期待しております。ぜひ続きを読みたいと思わせられる句集でした。まず、そういう句だけを残されたのだとは思うのですが描写力が確かです。非情な面もありながら、全体に大らかで明るいという印象を受けました。好きだった句はたくさんあるんですけれども、まずは桜の句から2句、「**ゴールポスト遠く向きあふ桜かな**（103）」「**花時やカツ丼の蓋閉ぢきらず**（140）」。桜というと、日本人だからというわけではありませんがつい精神性を求めてしまう気がします。そうではなく比較的即物的で生活の中にある桜というものを等身大で描いておられるところに惹かれました。何しろ私が所属しております「藍生」の黒田杏子主宰は全国津々浦々の桜を巡っておりまして、桜と聞くとどうしても「修行」ということばが私の念頭に浮かびます。個人的な偏りがある話かもしれませんが。即物的な捉え方は新鮮で、そしてカツ丼の方は妙に気に入ってしまった句でした。ごく初期の句からは「**工場を抜けて河口や秋の暮**（14）」「**梨食ひぬ鼓膜の奥に梨の音**（16）」。先ほどリアリズムについての話もありましたけれど、そういったリアリズムに則って作っておられます。誰もが体験するようなことではありますが、五七五の形にしたのはこの人という気迫みたいなものも感じさせられました。時系列に沿って挙げていきますと「**まゐつたと言ひて楽しき夕立かな**（31）」、「楽し」という言葉が入ってまして、形容詞は使うなとよく言われますが、「まゐつたと言ひて」の措辞で何が起きたかというのが見えてきて楽しい。「**松下村塾八畳一間草青む**（40）」「草青む」はたまたまそういう時期だったのでしょうが、「松下村塾」だからこそ生きる季語でもあります。私も松下村塾に一度だけ行ったことがあるんですが、覗いてみて「えっ、こんなに狭かったの」と意外でした。余計なことは言わずに「八畳一間」の一語でそれを表わしている。読者を信頼している、この言葉を投げかければ読者がきっと同じことを思ってくれるだろうと信じられている感じが心地良かったです。「**夢ヶ丘希望ヶ丘や冴返る**（67）」これはどこかから一望しているのかもしれませんが、ちょっと皮肉っぽく、夢だの希望だのそんな名前をつけて、と言ってますね。「冴返る」で一望している感じが出ていると思いました。「**富士壺の口寒月の照らしをり**（100）」フジツボの口を照らすのは寒月じゃなくてもいいかもしれないんですけれども、フジツボの口、口というかあの穴のぽつぽつが見えてくる句だと思いました。「**選果場梨流れゆくうすみどり**（126）」この句の前後に「**キャベツのしのし積むやスーパーマーケット**（119）」「**筍の皮に貼られてバーコード**（118）」という自然の中ではなく、スーパーだったり選果場だったり、そういうところから拾ってきた題材が出てきます。健やかというのとは少し違うかもしれないんですけれども、この人の精神は強靭だと思いました。全体的にこの人の大らかさ、明るさに惹かれて次々ページをめくっていける、途中で飽きることなく読めた句集だなと思っています。そういう風に勢いよく読んだからかもしれませんが、途中から字余りの句が結構多いのが気になるようになりました。その字余りもわざとですよね。「澤」風なのかもしれない。気になったのはそのくらいです。読後感の良い句集だと思いました。以上です。

司会：ありがとうございました。では髙柳選考委員、お願いします。

髙柳：いち生活者としての感覚を大切にして共感性の高い俳句を作る。そういう俳句の作り方もあるとは思いますが、もともとその世界の見方が変わっているというか、その変わったものの見方をそのまま俳句にするという詠み方もあって、相子さんは後者かなという感じがするんですね。ものの見方が独特であると。俳句に詠まれたことのない都市的な題材や現代的な題材もたくさん詠まれていますがそれ自体が新しいというよりは、ものの見方が新しいと言える。そういう方かなと。代表句と言っていいんでしょうね。「**一滴の我一瀑を落ちにけり**（78）」この俳句なんかにそれが典型的に表われていると思います。滝から落ちる一滴に着目するというところまでは、もしかしたら先人も手をつけたところかもしれませんが、その一滴が自分自身である、実相観入というところと関わりがあるのかもしれませんけれど、巨大な力の中のすぐに消えてしまうひとかけらに自分を見るというのは、今までにないような視点なのではないかということです。古典的な「滝」という題材を詠んではいるのですが、インターネットの普及もあってどんどん遠い世界のことまで把握できるようになった。そういったかなり肥大化した世界観の中でのあまりにも小さな自分、無力感みたいなものまで感じさせます。あらわにそういったものが現れているわけではないんだけれど、現代的なものの見方なのかなと思います。そんな風に見ていくと、ユニークな感性・ものの見方で詠まれた句が多くて、そこに惹かれたというのが大きいです。「**埋葬虫**《しでむし》**に足より喰はれたき夏野**（51）」というのは、自分がもう死んで夏野に埋葬されたときにその遺体というのは細菌とか小さな虫によって分解されていくわけですけれども、それを生きていながら自分が分解されていくさまを幻視する。こういう感性とか、「**口に花降りくれば食ふうれしくて**（68）」唇に花びらがくっついたというのは割と俳句でも詠まれるところかなあと思うんですが、それを嬉しくなって食べちゃった……とまで詠んだ人はいなかったんじゃないかなと。これはいわゆる取り合わせの句ですけれど、「**遠火事や玻璃にひとすぢ鳥の糞**（84）」ガラスにくっついた鳥の糞が、上から落ちてくるので勢いがついて、筋を描いてくっついていると。そこに着目し、さらにその向こうに「遠火事」を配するという感覚ですよね。我々が普段見ている世界とはちょっと違う、我々の普段の感覚とは違う目で作者は世界を見ているんだなあというのが、こういう句に如実に表れている感じがします。「**誰が命も遠し夜業の丸の内**（129）」これは丸の内のオフィスビルで働いている、残業しているということなんでしょうけれど、「人が遠い」ということであればよくある残業俳句かなという感じがするんですけれど、「誰が命も遠し」と「命」を言っているんですよね。完全に無機質な都市のど真ん中で自分だけが命であって。他にも人間とか生き物もいるはずなんだけど、いないかのように感じられる。ものすごい孤独感みたいなものがよく出ているんじゃないかなと思っています。こういう独特の感性の句に惹かれるところがありました。もちろん今髙田さんがおっしゃったように、描写力が確かです。ものの把握の確かさですね。これが相子さんが属している「澤」の作家たちに共通するひとつの特徴なんじゃないかなと思うんですね。ひとつのものを取り上げて、それを様々な角度から多角的に描きつくすような書き方です。相子さんの句集にも「**鰻重を食ひおほせたり底照りぬ**（80）」鰻重を食べたあとで、その脂でおひつの底がぎらぎらしているというのは、鰻に満ち満ちた脂を感じさせて、これはしっかりものを把握しているなあという感じがします。「**牡丹雪みるみる傘を暗くせり**(138)」というのも好きでしたね。牡丹雪の特徴が非常に押さえられているのではないかと思います。ものに触れたときに水っぽいものですからべたっと広がる雪ですよね、牡丹雪って。なので普通の雪よりも傘に触れてべたっと広がって傘を覆い尽くすスピードが早いんじゃないかと。冬の雪と春の牡丹雪の違いを非常に的確に言い当てた句なんじゃないかと思うんです。こういうものの質感を精緻に摑み取るというのも『呼応』のひとつの美点として称揚すべきところかなとも思いつつ、私としてはそこからずれたような句、相子さんの、言ってみれば変な感性というか人と違うものの見方が見えた句により惹かれるところがありました。後は、割とストレートな情の句、誰かに向けての愛情というのかな。それは恋の句とも言うことができますし、それに限らないんだけど。「**初雀来てをり君も来ればよし**(46)」とかね。こういうストレートに自分の思いを出した情の句というものにも惹かれるところがありました。その意味で非常に多彩な句集だったんじゃないかなという感想です。

司会：ありがとうございます。佐藤選考委員お願いします。

佐藤：お二人の選評をその通りだなと思って聞いていましたけれど、まず単純に読んでいて一番楽しかった句集というのが私の率直な感想です。軽快に読めて、すっと心に落ちてくるというのが、相子さんの句集の一番の感想です。お二人が言って下さったように、描写力の確かさ、後は髙柳さんが言ったような素材の切り口と言うんでしょうか。どういう視点からものを切り取っていくかという、その辺のまなざしのユニークさ。私もそこの二つが大きかったんじゃないかと思います。前半の句で言いますと「**ザックよりもろこしの**

髭出てをりぬ（16）」。さもない事ですけれども、こういうところを見逃さずに拾ってくるというのは大事なことですし、そこからこのとうもろこしのサイズ感であるとか、あるいは新鮮さであるとか、そういうものが背後から見えてくる気がします。隣の「**梨食ひぬ鼓膜の奥に梨の音**（16）」これは髙田さんがあげておられましたけれども、これも梨を食べているときの体感とでも言うんでしょうか。柿でもないし林檎でもない、梨という果物の持っている質感がこの表現から非常によく出ているんじゃないかなと思いました。素材の切り口という点で言えば、「**黒南風や潜水服の護謨匂ふ**（104）」こんなところも今までなかなか俳句にされてこなかったところじゃないかと思うんです。潜水服のゴムの分厚いような匂いと言うんでしょうか、そういったものを拾ってくる感性です。「**椅子上げて店しづもれる冬日かな**（64）」これは昼間なので開店前のお店なのかな。閉店後だと冬日じゃない気がするんですよね。準備中のお店の静けさというもの、こういったところを俳句の素材として拾ってくるんだなあという感じがしました。大人しい句なんですがすっと心に入ってくるような良さというのが、相子さんの句には多々あったと思います。結社の色というのが相子さんには割と強く出ているかもしれません。巷でもよく「澤調」なんて言い方を聞いたりしますけれども、中七で切って下五が少しダメ押しっぽい感じで置かれるような句も確かにありました。「**蓮の葉をころがる水や水に落つ**（31）」「蓮の葉をころがる水や」までで充分に一句になると思うんですよね。それをもう一度「水に落つ」と。次を描くというんでしょうか。こういう作り方というのは、「澤」以外の人はなかなかやらないかなという気もしています。そういうものもひとつの結社の中で学んできた、習得してきたやり方なんだろうなという風に思いました。さっき髙柳さんがあげていた「**鰻重を食ひおほ**

せたり底照りぬ（80）」なんかもそうだと思うんですね。普通の人の作り方なら中七で切らないと思うんですよ。鰻重を食べ終わったあとの丼の底を描くと思うんですよ。だから中七で切らずに下五まで一気に詠むのがオーソドックスな作り方だと思うんですけど、そこをわざわざ中七で切って「底照りぬ」と詠む。ある意味強調して見せているということなんだと思います。こういうところは「澤」らしいなと思いながら私は読みました。結社の中でずっとやってきた安定感がこの句集に結実しているんじゃないかなという気はしています。今回の9人の方の中には、全員の経歴を詳しく存じ上げてはいませんが、いわゆる「結社」という感じじゃない人も結構いるんじゃないでしょうか。その中で言うと相子さんは始めた頃からずっと小澤先生のところでやって来られて、もう20年以上になられると思います。「澤」という雑誌でずっとやってきたということの成果、果実とでも言うものがこの『呼応』には表われていたように思います。安心感・安定感というところでいくと、私は今回の9冊の中ではこの句集が一番だったと思います。そういったことから今回、相子さんの句集を一席に推させて頂きました。

司会：ありがとうございます。では2位に推した関選考委員、お願いします。

関：触れようと思った句がここまでで結構出てしまったんですが、私もこの句集は1位か2位かで迷ったもので、1位になる可能性もあったんです。私がもしこれに1位をつけた場合、多分田中裕明賞始まって初の全員満票の最高点ということになっていた。受賞作をひとつだけ選ぶシステムだからそういう偏り方をすることにもなるんですが、9冊のなかで「これ以外絶対ない」と言えるほど絶対的な差があるわけではないにしても、それぞれ見方の違う人が4人集まって最大公約数じゃないですけれど、どこから見てもそんなに文句はない、魅力のある句集だったんでしょう。一番最後が２０１３年という話が先ほどあったんですけど後ろから3句目、189ページに「二〇一四年」という表記がある、２０１4年の句がちらっとだけ入っています。いずれにしても２０１３～14年あたりまでしか入っていないですね。第一句集を出すときって作り方を色々考えるものだと思うんですが、相子さんの場合はここまでの句歴が結構長くて40代半ばになってからの第一句集ですから、思いきりのよさが出たと思います。全部入れた上で分厚い本にしてしまうか、削りまくって厳選するか、色々選択肢はあるんですが、とりあえず前半までで切ったと。ここら辺も決断力のある感じはしますし、前半だけでこれだけ充実させられてこの後さらにどれだけのストックがあるのかという凄味もありますよね。いい句がいっぱいあって、「**デパートの中に駅あり夏きざす**（42）」これは相子さんの句としてはそんなに取り上げられる方じゃないと思うんですけれども。「**びつしりと回転寿司の皿ゆく秋**（63）」要するに、美意識としては割とモダンなところはあるんですよ。従来の花鳥諷詠の湿った感じをそんなに引き継いでいなくて、都市叙景もできる。物事によっては非情な面ももちろんあるんですけれど、基本的に情の厚い捉え方の句が多いですよね。それが矛盾しているわけでも何でもなくて、ちゃんと一人の人間の中に総合されている感じがして、それで柄が大きい感じに見える。しつこい写生だけで一句を成り立たせるという要素もないわけじゃないんですが、基本的に自分の気分を出してしまうところも結構あって、これがさっき髙柳さんも出した「**口に花降りくれば食ふうれしくて**（68）」という、花が降ってきて口元まで来たのを食べてしまう句になる。これは気分がいい、嬉しい楽しいというのを通り越してちょっと変な域にまで行っている。その滑稽みを多分本人は分かってやっているわけです。その辺りも愛嬌があるというか、おかしなことだけれど変な人と思われる風でもなく、本当に嬉しそうに世界を受容するなあという感じになる。つまりこの人の場合気分がはっきり描かれても、その気分によって世界を裁断して支配してしまうというのではなく、外界の刺激と自分の気分が一体化している。それで一つの強さが出ている。「**プリンやや匙に抵抗して春日**(28)」これも気分のことを直接言ってはいません。このプリンは割と固い弾力のあるものなんでしょう。「春日」という季語で気分がいい句であろうというのは指示されてしまうんですが、これから食べるプリンへの期待感もあるしその質感の写生にもなっている。写生することと自分の気分を表出することが一体化していて、そこに自意識的なものとかこういう風に見せようという計らいはあまりなく、謙虚に全部受け止めて、受け止めた結果相子さん自身の方も強力な印象が出てくるところがある。字余りが多いというのがありましたけれども、字余りもだらだら長い句ではなくて詰め込んで弾けるような、張力の出るような字余りが多いですね。これは「澤」の特徴かもしれませんが。「**北斎漫画ぽろぽろ人のこぼるる秋**(37)」「**太郎冠者寒さを言へり次郎冠者に**(39)」これはどちらも芸術や芸能を媒介にした句で、どっちも字余りです。北斎漫画はナンバ歩きで走っていたり体勢が崩れたりしている小さい人の絵がいっぱいあるものを写生しようとしていますが「ぽろぽろこぼれる」という把握はなかなかできない。これも気分によって、対象がまなざしで変化しているわけですね。相手から感じ取っている感応性があるから、単に気の利いた言い方をしてやったというレベルでは済まなくて、本当に人間性の深いところで反応している感じがフィクション相手でも出る。太郎冠者の句は「寒さ」という季語は入っているけれども、寒うござるとか言っていてもこれは狂言の舞台の上のことなんでしょう。確かにフィクションの人物でもその状況だと寒いんだろうなあと感じている。それで一句できてしまうなと思いついたところまで含めての気分の弾みを感じます。下手するとくさくなりますが、あんまり自意識的なものが強く出ない人だとこういうのは割と入って来やすいんじゃないかと思います。さっきの「**ぴつしりと回転寿司の皿ゆく秋**（63）」「**デパートの中に駅あり夏きざす**（42）」言い忘れていたんですが、こういう都市叙景は意外と作られていそうでさほど詠まれていない感じがします。都市風俗の写生ということで上手くできていると思いました。ちゃんと情がある。こういう、デパートの中に駅があったってだからどうだというような一見どうでもいい写生的なところに情の厚みが入ってくるんですよ、この人の場合。逆に人に寄り添う感じの句というのは、そこでもったいぶって見えることにならないようにというか、弾け飛んで自分の気分を言い切ってしまって、それでくさみがないようになっている。文体上のことというか、いわゆる「澤」調の中でも相子さんって独自の文体ができている人だと思います。「**押して抜く浮輪の空気最後は踏み**（71）」これも相当に言い尽くしている句ですが、動作を丹念に全部言うことで、その浮輪の質感量感も出るしそれを扱っている体の感覚も出る。過不足なく書ききって結果としてしつこくなっているケースなんですが。相子さんの場合は触ったり味わったり見たり聞いたり、五感でもって句のリアリティを保証するというところがないわけじゃないんですけれど、実はそこはそんなに中心ではなくて、五感が文体と溶け合っている。引き技のない突き押し一辺倒の句集に見えるんですが、その印象が五感ではなく文体から来ていると思うんですよね。さっきもあげられた「**鰻重を食ひおほせたり底照りぬ**（80）」これは普通は「食ひおほせたる」でつなぐだろうと私も思いました。ただ切ったことで何が変わっているかというと、食いおおせて空っぽになった重箱の写生よりも「饅重を食べた」という充足感が出る。そこがまず最初に出てきて、その結果食べた満足感を反映させるものとして「底照りぬ」という即物的な写生が出てくるというわけです。ここを切るか切らないかで、言いたいことの内容が若干変わってくるんですよ。バランス上ほんのちょっと変わっているだけに見えることが、実はこの人の文体にとっては致命的に重要なところです。そういう文体的な特徴からして遠近法とか強弱とかアクセントとかはなくて、一句全体で押してくる。だからあえて不満みたいなことを言うと句集一巻を読むと読者としては息を継げるところがない。息抜きできずにずっと押されまくるという感じもあるんですが、これはもうこういう作風だと認めて読んでいました。先ほどの「**遠火事や玻璃にひとすぢ鳥の糞**（84）」これはものすごく手堅いところもあるし、それで鮮やかなところ、感覚的に繊細な鋭いところもある。「鳥の糞」という滑稽味というか異物が入ってくるリアリティもある。文体上は伝統系の人なら割と誰でもやると思うんですが「ひとすぢ」がひらがなになっている。これは漢字で書いたって意味上は変化はないんですけれども、どっちでもいいところをひらがなにするのは、意味が一瞬で伝わることを避けて一音一音念を押すように速度にディレイをかけて読ませることになるわけです。これもくどい、押してくる文体を作る一つの要素ではありますす。こういうやり方は相子さんの中ではそんなになさそうではありますが。文体的に特徴が出ているのは「**富士壺の口寒月の照らしをり**（100）」これも例えば「富士壺の口を」と助詞を入れてしまえば文体的には寛ぐんですけれども、ちょっと只事で流れそうな気もする。「富士壺の口寒月の照らすかな」と流すやり方もあるけどそれでもだめ。相子さんの場合はフジツボの口が寒月に照らされていると、両方同時に一句全体で押してこないと気が済まない文体です。「**砂払ふ浮輪の中の鈴の音**（124）」これも上から下まで全部繋がっていて、浮輪を叩いたとき、中の鈴の音が聞こえるという句になっている。リアリティがすごくありますが、これもどこかで息を抜くことはやろうと思えばできるんです。「砂払ひ」で切るとか「砂払ふ浮輪の中に」にするとか、助詞の変え方でバランスを変えて鈴の音だけに着目させるとか色々変えられるんです。ところがこれは砂を払うために浮輪を叩いた瞬間鈴の音がする。全体を一気に出してきた。そういう文体ですよね。「**いま胸を蹴りし飛蝗が稲の中**（176）」「いま胸を蹴りし」を「わが胸を蹴りし」などと変えるとバッタは今いなくなって見えず、蹴ったという事実、要因が残るような形に若干バランスが変わると思うんですが、今胸を蹴ったという事実があって、そのバッタが今稲の中にいるというその両方を出したい句なんですね。ひと繋がりで全部で押してくる。「**日盛や梯子貼りつくガスタンク**（122）」これは都市叙景に対するしつこい写生ということで評価できる句ですけれど、「貼りつく」ですよね。これで上手さと同時に文体のしつこさも出ている。言葉のチョイスのレベルで出ているわけですけれども、この場合は「や」で切っていて、日盛に梯子がくっついている。その梯子がガスタンク本体に比べるとちょっと心もとない。必死に貼りついているようなそういう繊細なものに見える。そういう光景を出しているわけですが、いったん「や」で切ったあとでこれも全体として一つの光景として押し出したいという句なんじゃないかと思います。逆にスカスカなモチーフのもので「**雛壇の裏骨組のすかすかと**（103）」これは「雛壇」「骨組」「すかすか」まで言ったら「裏」まで言わなくても通じるんですけど、一応全部言わないとダメなわけですね。押してくる力が非常に強いので、誠実だったり恰幅がよかったりと言ったところ、非情さと情の厚いところの両方あるんだけれど、それが例えば中村汀女みたいな方向の余裕にはいかないで、常に全力で反応している人のように見える。それが好ましいところでもあり、文体上では息がつけなくなるところでもある。それを欠点ととるかどうかは好みの問題かなという感じがします。嘘がないというか、実があって表現としても色んな意味で充実しているというところ、これは今回受賞になってもまったくおかしくないと思います。以上です。

岡田一実句集『光聴』

司会：ありがとうございます。次は5点を獲得した句集です。岡田一実さんの『光聴』からいきましょうか。『光聴』は3月25日に素粒社から刊行されています。岡田一実さんは１９７６年生まれで44歳。４冊目の句集となります。２０１４年に刊行された第２句集『境界 -border-』、２０１８年に刊行された第３句集『記憶における沼とその他の在処』でも田中裕明賞にご応募いただきました。『記憶における沼とその他の在処』で、第11回小野市詩歌文学賞を受賞されています。俳誌「らん」同人で現代俳句協会の会員です。では3点を入れた、関選考委員からお願いします。

関：3冊の候補からどれを1位にするかさんざん迷って『光聴』を1位にしたんですが、最後にこれを推したポイントとしては、感覚的な言い方になりますけれども好き嫌いとか出来不出来とかそういうのとは別の次元でこの句集は時間を置いてもう一回読まなければならないのではないかという気がしたからです。ちゃんと理解できているかどうかが怪しいということよりも、独自の文体ができていて正体が分からないわけではないんですが、それでも謎があるというか、分かって終わりになった気がしない句集なのでいい意味で気味の悪さがある。そういう意味での1位でした。相子さんの方で「しつこい写生」というのがあったんですが、岡田一実さんの方も相当にしつこい写生はしてます。ただしつこさの内実が違う。相子さんの方はどんなにしつこく書いても外部にそういう現実があるということは読者にとっても自明に共有されてそれが揺らぐことはない。ところが岡田さんの方はある種の過敏さが反応することで神経が暴走するように写生がしつこくなってきて、その結果として事物の関係までが変化して見える。こういう事物はこういう形で本当にあるのかということが、読者の側にも哲学的に揺らぐような感じで迫ってきて、これが面白い。資質的なものを独自の文体に育て上げられて一つの達成にしている句集だと思います。写生が一番しつこそうなのは「**火の上の秋刀魚の眼沸きにけり**(25)」。焼かれている秋刀魚がどうにかなる句はあると思うんですが、その眼の部分が沸騰してぐつぐつ泡を吹いて沸いている、こういう句はあんまりないと思うんですよ。この人は自分がしつこい視線をモチーフに向ける人だということもあって、句の中に眼が出てくることもちょくちょくあるようなんですが、その中でもこの句は日常にある事態でありながらそれからここまで不気味なイメージを引っ張り出してきている。しかもそれが嘘ではなくて見方を変えればこういうものは我々の身辺にあるんだということを突き付けてくる句です。そこら辺の戦慄を呼ぶ要素が詩としてちゃんと出て来ている。世界の見方を変えるというのは、やっぱり詩であって、詩性があるということです。それから、割とどうということのないもので写生でやっているものは「**チューリップ黒き花粉を底に溜め**(37)」。これも見たら確かにそうなっているかもしれません。花粉がチューリップの壺型の花びらの底に溜まる。それもよく見たらあることなんでしょう。底に「黒き花粉」が溜まっているというのはちょっと不気味な華やかさになりますよね。チューリップの中だけで一つの壺中天みたいな小世界があって、その中で不気味なことが行われているけれども我々はそれに普段気が付かない。そういうものを取り出して見せられている感じがします。「**ゆふがたを日傘の影の落ちやまず**（17）」日が出ている間は日傘の影はずっと落ちているものなんでしょうが、「落ちやまず」と言うとこれは早くなくなって緊張を解いてほしいような異物感、違和感を感じる表現ですよね。そういう、日常にあるものの認識の仕方を変えてしまって世界の不気味さを引き出すような句があって、それが非常に魅力的です。「**空に日の移るを怖れ石鹼玉**（7）」、しゃぼん玉が割れやすいというのは常識的ですが、しゃぼん玉が昼に飛んでいて日を反射して光っている。割れた時にはその光がしゃぼん玉から消えてしまって空に帰るということでしょう。しゃぼん玉自身が消えるのを怖がっている擬人法ぎりぎりまで行っていますけれど、擬人法じゃなくて石鹼玉に神経的に同調している句ですよね。写生でものの存在や関係を変えてしまった句がもう一句、「**玉葱の一顆しづかに床を押す**（86）」これは玉葱が一個床に置いてあるというそれだけのことなんですが、それが床を押し続けているという力の関係として捉えられている。こういうところに認識が届く神経というのはなかなか当人的にはきついかもしれないんですが、そこに読者を直面させる力のある句の一つだろうと思います。「**名月や物干竿の影二本**（142）」一見どうということのない句ですけれど、「物干竿の影二本」というといかにも無意味そうなものがナンセンスにおかしいでしょうという顔をして出てくるわけではなくて、名月というといかにも季語らしい季語に照らされた世界の中にこういうものがあるという、叙情と非情の緊張関係みたいなものが出ている気がします。これはいわゆる視覚的な写生じゃないんですけど、「**子のこゑの宙をつたはる土筆かな**（74）」土筆の生えているその周りで子どもが何かを話している、その声が聞こえる。声が聞こえるというひとまとまりの自動化した認知の仕方ではなくて、声に物理的な実体があってそれが宙を伝わるという認識の仕方に変えているわけです。これは工夫して変えているわけではなくて、そのくらいの強度をもって世界が迫ってくるという感じがする。その点ではかなりきついと言えばきつい句集だし、不気味と言えば不気味だし、インパクトはあるけれどこんなものを突き付けられてどうしようかとたじろぐ感じもするところは多少あります。題材によってはしつこい描写をされると嫌だなという場合もあるかもしれない。「**背子の背に胸乳つけたり共昼寝**（116）」というのがあります。背子というのは普通は夫とか夫《つま》とか呼ばれるものです。夫婦でくっついている昼寝って一見仲が良さそうな情景なんですが、ここまで描かれると、この暑苦しさが単に仲がいいということを通りこして人間存在の不気味さみたいなことが出したいのかと、そこまで読みがそれるような感じもあります。不穏さがあちこちにありますよね。相子さんのいかにも陽気な世界に比べるとすごく切羽詰まった暗さのある世界ではあります。認識の仕方を変えられてゆくところが詩として力を感じてこの句集を1位にしました。以上です。

司会：ありがとうございます。2位で推された高田選考委員、お願いします。

髙田：相子さんの句集と対照的であるというご意見には、まったく同感です。帯の自選六句を拝読した限りではそれほど惹かれなかったんですが、最初のページ、「**疎に椿咲かせて暗き木なりけり**（7）」「**空に日の移るを怖れ石鹼玉**（7）」これは関さんも取られたものですね。そして「**白梅の影這ふ月の山路かな**（7）」この三句が並んでいる1ページ目を見て、思わず姿勢を正しました。これは何が出てくるか分からない句集、1ページずつちゃんと読まなければいけない、背を正さなければいけないという気持ちになりました。全体的に一つ一つの事象をとても丁寧に追っています。時間の流れすらその中に取り込んでしまいたいと思っているくらい、一つ一つが克明なんです。それをしっかり言葉に置き換えていらっしゃる。感じたことと言葉が対等と言いますか、同じ強さで言葉が出てくる。だから読み手として、言葉で脅されているような気持ちにはならない。帯の六句のような句には、私は言葉で脅されているという感覚を抱くのです。決してそうではないというのが2位に推した一番の理由です。これは3年分の句集だということですが、ちょうどコロナ禍にかかる3年間ですね。だからかなのか、同じ速さというより、スピード感に欠けるんですね。ずっと同じ速度で淡々と続いてゆく。一つ一つ見ていくと非常にクリアなんですけれども、それがずっと続くと少し飽きて来る。同じものが繰り返されてゆくところがあって、それは一冊として捉えた時に欠点なのではないか。スローな感じは色んなところにあったんですが、例えば「**萍のまはりながらに流れけり**（19）」「まはりながら」流れたというそれだけなら、萍がくるくる回りながら排水溝に吸い込まれるようにすーと流れたとも思えますが、「まはりながらに」この「に」が一つ入ることによって、ぐっと緩やかになる。この方の場合、助詞の使い方や言葉の選び方でスピード感を出されているのかもしれません。時々陳腐と思うような句もありました。例えば「**ゆふぞらに紺まさりたる野菊かな**（23）」とか、綺麗に出来ている句ではあるけれどあまりこの方らしいとは思えないな。さっき相子さんにも水の粒の句がありましたけれど、この方には「**噴水の白き色得し水の粒**（40）」

という句がありました。噴水ですからすごい勢いで水が吹いているんですよね。でもこの方の噴水はゆっくりと、フィルムがひとコマひとコマ動いていくようなそういう動き方をしている。「**流れくる浮輪に子ども挿してあり**（42）」これは現代俳句新人賞を取られた時の句ではないかな。こういう主客を逆転させるような捉え方も面白いです。淡々と続く日常が同じスピードで進んでゆくというところが、好ましいというよりもちょっと恐ろしくなるような句集でした。「さっき読んだんじゃなかったっけ」というような句も何句かあったので、そういうところは惜しいです。全体に、この方のものの捉え方、速度の出し方が印象的。１００パーセント肯定的には言っておりませんが印象に残る句集だなと思いました。以上です。

司会：ありがとうございます。佐藤選考委員、お願いします。

佐藤：岡田さんの句集も私の中では上位の方に入っていました。特に今お二方が言ってくれましたがこの方は写生をしっかりやるところが見受けられました。細かい写生ということであげますと、「**プール出て顎より腿へひと雫**（17）」とかですね。普通「顎より腿へ」までは言わないんじゃないかなという気がするんですけれど、こういうところをしっかり描くというのは注目をしました。気持ちのいい対象の描き方としては、「**駆けて来る夏の帽子を手づかみに**（41）」これは「手づかみに」がいいと思いました。恐らくは帽子が飛ばされてしまうようなスピードで走っている。だからこそ帽子を手に持って駆けてくる。そこに描かれている人の年齢だとかありようというのがこの措辞から見えてくる。生き生きとして描かれているんじゃないかなと、この辺りは好感を持ちました。素材で言うと「**涼しきよエアータオルの中の灯も**（39）」こんなところも俳句の材料として拾ってくるんだなあと目を引いたところです。反面、少し気になったところがいくつかありました。先ほど髙田さんが少し似たような発想の句が多いんじゃないかとおっしゃっていました。私もそこはちょっと気になりました。一番気になったのは「**ゆふがたを日傘の影の落ちやまず**（17）」「**ゆふがたの日へ傾けて日傘さす**（44）」というところです。「ゆふがた」と「日傘」の取り合わせが割と近いところに2句出てきてしまうと、44ページを読んだときに「あれ、似たような句を割と最近読んだな」ということが読者としてはちょっと引っかかってくるわけです。この辺りはもう少し句をしっかり絞られたほうが私は良かったんじゃないかと思いました。この17ページの日傘の句と44ページの句を比べると、私としては17ページのほうを残すべきだったんじゃないかと思います。日傘の影が落ちやまない、ということは言う意味があるけれど、44ページの句はやや普通というか常識的というか。夕方の日差しでしたら、それは日傘を少し斜めに傾けるだろうなというところは、割と理屈で納得できてしまうところがある。そういう意味で言うとすくなくともこれはどちらか一つで良かったんじゃないかなと私は思ってしまいます。後は、同じ季語が連続して何か所か詠まれてしまっているというところがありました。一つは蟭螟の季語ですね。93ページから95ページにかけて。蟭螟なんて言うのはそもそも想像上の虫ですけれども、それをこれだけの句数詠んで来るというのはなかなか勇気のあるチャレンジだなと思いました。これがやはり読者としては、もう少し絞っても良かったんじゃないかなという気が正直しましたし、同じようなので言うとこの方は向日葵もかなりたくさん詠んでいらっしゃいましたね。110ページから112ページにかけて、向日葵が七句くらいあります。その後もまた126ページから128ページにかけて向日葵の連続が七句くらいありました。この辺りが読んでいる方としては、ここまで同じ季語を続けて詠む必要があったのかなと疑問を感じてしまいました。例えば相子さんの句集が十数年間の、かなり長いスパンの句を絞って一冊に編まれているのに対して、岡田さんの場合には割と短期間で4つの句集を出されているようですね。前の句集からこの句集までが4年くらいですか。小野市の賞を取られた句集が多分2017年くらいじゃなかったでしょうか。4、5年の間に一冊作られていて、割とそのスパンが短いということもあって、その割には句をあまり絞っていないという感じがありました。捨てきれない思いが何かあるんじゃないですかね。句を全部捨て切れないで、これも入れたいあれも入れたいという気持ちになられているのかなという感じは印象として受けました。もう少し自選で句を絞っても良かったんじゃないかなと思います。先ほどの日傘の句は特にそう思ったところです。その方が結果的には句集としての密度は高くなったんじゃないかと思います。今回三冊の中には入りきらなかったというのはそんな思いがありました。

司会：ありがとうございました。では髙柳選考委員、お願いします。

髙柳：さっき、じっくり物を見る視線という話が出ていますけれど、この方の非常に意欲的なところは、いわゆる俳句と言うのはどうしても俳句的瞬間と言いますか、瞬間的な一瞬の映像を切り取るものだと言われているわけです。そこに果敢に挑戦されています。時間の流れが内包されている句が多くて、例えば「**すぐに飛ぶ綿虫を手に歩かせて**(57)」というのは、未来において綿虫が飛ぶであろう。そんな未来の映像を心に置きつつ、今手に綿虫を這わせていることなんですね。その未来というのは過去の投影であるというか、過去において綿虫というのは飛んでいきやすいものであるという経験をしているから、「すぐに飛ぶ」という認識が出てくるのだと思いますね。この一句の中に過去や現在や未来が溶け合っているというのかな。そのことによって、映像、イメージというよりは意識の世界に入り込んでいく。時間や空間の概念を超えた人間の意識の世界に深く入っていくような、そんなところに挑まれているのかなという気がしました。時間を取り込んだ句としては、「**雨後そのまま明るくならずソーダ水**（87）」というのもいいなと思いましたね。雨の後は未来予想としては晴れるだろう、明るくなるだろうと思うんですが、その期待されていた未来像がずれてゆく。それはそれで一つの世界の現象として受け入れてゆく感じというんでしょうか。じっくり見ることによって、過去や未来までも十七音の中に取り込んでしまったというところが、作者の一つの達成ではないかなという気がしています。そういう形而上的な時間の流れ、心の動きみたいなものを感じさせるのが魅力的でしたし、時々ユーモアの句というんでしょうか、「**タレ甘すぎて白魚のあぢ不明**（70）」とかね、あとこちらはコロナ禍の日常で我々が折節感じることですけれど、「**手指消毒を涼しとするは一寸嫌**（97）」。向日葵の句の中に、「**どう枯るるか見たく向日葵枯るるを瓶**（126）」があったり、ちょっとくすりと笑えるような句も挟み込んでいる。これも句集の作り方としてよく工夫されているなという感じがします。私が少し気になったのは、時々言葉が非常に詰屈というか、生硬というところですね。「**銀河濃し酔の咫尺《しせき》に死を覚え**（130）」この「咫尺」は割と効いていると思いました。酔ったらそのまま死んでしまいそうだという感じです。テーマが重いせいか、こういう堅い言葉も活きているなと思ったんですが。「**浮いてこい其の面《も》に湯滴繁《しじ》に落つ**（87）」こういう句は浮いてこいの句の内容としては言葉が硬すぎるかなあと。ここまで古文調にする必要があったかなあなんて思って。時々浮いている言葉が入ってくるのが気になるところではありました。同じモチーフが繰り返されているというところはあるんですけど、それだけあるモチーフを色んな角度から見てじっくり詠みつくしたい。さっと見るのではなくじっくり見たいという姿勢から来ているのかなと思います。見ていると確かに、花の蜜を虫が吸っているというモチーフの句が結構出てくるんですね。「**顔うづめ蒲公英を虻歩きけり**(75)」「**熊蜂の花摑み花揺らし吸ふ**(70)」とか「**蝶うごかず令法の花に吻を当て**(91)」「**河骨の揺れゐる花の中の蜂**(41)」これらは全部虫が花の蜜を得るためにやってきている、というような内容です。虫や花を変えつつ色んな詠み方で詠み尽そうとしている。そういう、命が命に手渡されてゆくというような、この始原的な命の姿を詠みたかったのかなと思いました。同じ季語が続くのは確かに退屈な気がしますけれど、私は同じモチーフを繰り返しても、それがその作家にとって重要なことであればそれはそれでいい、それで評価が損なわれることはないんじゃないかなと思ったりもしました。そんなところです。

西川火尖句集『サーチライト』

司会：ありがとうございました。次は同じ5点の句集で、佐藤選考委員と髙柳選考委員が2点を入れて関選考委員が1点入れられた西川火尖さんの『サーチライト』です。西川火尖さんは12月28日、昨年の暮れに文學の森からこの御本を出されています。１９８４年生まれの38歳。第一句集です。「炎環」の未来賞、第11回北斗賞を受賞されています。「炎環」の同人の方です。では髙柳選考委員からお願いいたします。

高柳：この句集の基調、主旋律として何度も繰り返されて出てくるのは勤労者の生の声ですよね。どういうお仕事をされているのかは句集からは分からないんですけれど、とにかく現代の若い世代、労働環境が悪化しているということはよく指摘されています。やりがいの搾取なんてことを社会学者の方も提唱されていたりします。ですのでちょっとしんどい状況にあるのだろうなと。しかも句集を読む限りですとお子さんもいらっしゃるようなので、そういう育児の中でさらに勤労、労働がのしかかってくる。そういう日々から生まれる俳句というのが折に触れて繰り返されているなあと。それはそれで題材として新しいんじゃないかなと思います。現代の若者の労働の日々というのはあまり詠まれて来なかった題材だと思いますので。たとえば「**初蝶や働かぬ日と働く日々**(53)」、これは「働かぬ日」は単数形で「働く日々」は複数形であるというのが、非常に重い意味を持っているんだろうなと思いますね。やはり十分な休日、「働かぬ日」が十分にあればこういう句にならないんじゃないかと思います。「働かぬ日」が「働く日々」に対してあまりに乏しいのだということ、そういう声が聞こえてくる。本当にそれは現実的には苦しい呻きだったり、もしくは叫びのようなものかもしれませんけれど、そういう生の声に対して「初蝶」という季語を合わせながら俳句としての姿勢を保ちながら作品化しているという点は評価すべきかなと思います。「初蝶」がついていますからね、その中でもちょっとした季節のうつろいに心を留めながら、小さな蝶々にも心を慰められながら何とかやっていかないとな、という心がこの季語ににじみ出ているように思いました。他にも「**非正規は非正規父となる冬も**(34)」ですとか。これから父となって子どもにたくさんご飯を食べさせないといけないんだけど、なかなか非正規から抜け出せない。そのもどかしさがこのリフレインに表現されています。「**花を買ふ我が賞与でも買へる花を**（33）」ボーナスを詠んでいるんだと思います。「我が賞与でも買へる花」というと十分な賞与ではなかったことが分かるんですけれども、その中でもある種贅沢品である花を買っている。これもリフレインが効いていると思います。「花を買ふ」「買へる花」花が繰り返されています。それだけ、家族のため自分のためにせめて花を活けたいと。これを生活の癒しにして日々を乗り越えていきたいということで、花が強調されているのが切実だなあと思いました。「**日記買ふよく働いて肥満して**（32）」「肥満して」の最後のオチのつけ方は笑わせはするんですけれど、何か悲痛な笑いと言いますか、不健康な生活になってしまうのではないでしょうか。それでどうしても体重が増えてしまう。不健康な増え方になってしまっているのではないかなということです。そういう日々を重ねてゆく。来年も労働があり、何とかその労働の中で健康を維持しなければならない。それが「日記買ふ」で表わされたりしていますよね。労働歌、労働哀歌と言ってもいいかもしれませんが、そういうところに非常に迫力があった。そこが評価した点でした。一方で、そこまで力こぶが入っていないような、これを詠んだという主題意識がないような、軽めに詠んだ句にも惹かれるものは結構多かったと思います。「**颪花や何も覚えぬ犬の顔**（44）」ですとか、これは屈託のない犬の表情が見えてくると思います。深読みすればここにも労働哀歌があるんだと思いますけれど。自分は犬のように教え込まれて働かなくちゃいけない、というような。犬は何を言っても覚えなくて、そういう犬の境遇は羨ましいなあという境遇を読み取ることができるのでしょうけれど。ただここでは一句単独で、犬という生き物の特徴を的確に捉えた句として受け取りたいと思います。「**漬物の張り付く小皿涅槃西風**（51）」「**花過ぎの出前の皿を戸口まで**（59）」「**蕺菜や颪に汚れし**

アルミの戸（80）」この辺りは日常身辺の材料から軽く詠んだ句としていいんじゃないかなと思うんですね。「**ドアノブの売場を通る聖夜かな**（101）」なんていうのはその中でも非常に心に止まった句でした。日曜大工の工具を売っているような売場ってありますよね。そういうところをたまたまクリスマスの夜に通って、別のところに約束か何かがあって向かう途中にたまたまそういうところを抜けたというだけの句なんでしょうけれど、ドアノブだというところがね。ドアノブって別の空間に繋いでくれるものじゃないですか。それがいっぱいある。でも自分はそれとはあくまで関係なくその場を過ぎ去るんだというのが、これもまた深読みできるところがあって。これも句集の中にあると非常に生きる句なんじゃないかと思いました。ストレートすぎるような述懐も目についたんですけどね。「**自粛即棄民の国の春惜しむ**（65）」や「**日本国憲法の忌と思ひけり**（66）」とかは、その労働の日々の中から今の日本政府の在り方ですとか、社会のシステムについての反感と言うものがどうしても生じてくる。この辺はいち市民の感慨としてじゅうぶん共感できるところではありますが、俳句にするとストレートすぎるかなというところがありました。序文で石寒太さんが指摘されているように、ちょっと独善的な句もあることはあるんですけれど、それを補って余りある、自分の訴えたいことの明確さと言いますか、そしてその訴えたいことを表現化する力というのを感じる句集だったので2位に推したという経緯でした。

司会：ありがとうございました。では佐藤選考委員、お願いします。

佐藤：この方もある種ご自分の文体というかスタイルがしっかりできている方だなという風に思いました。2年前に北斗賞を受賞されていて、その時私はちょうど北斗賞の選考委員に入っていました。その時の句も相当数入っていると思います。例えば「**稽田を粒子の**

粗い友が来る（23）」「**混信の無線が冬と言うてゐる**（31）」この辺りは北斗賞の選考の時に目にした句だったと思います。例えばその「粒子の粗い友」ってどういう友なのか、とか「混信の無線」もそうなんですけど、映像や音というものがクリアにはなっていない。何かしら判然としないんだけれど粒子が荒い画像のように友がやって来た。あるいは「混信の無線」ですから、様々な雑音の中に埋もれている冬という音を聞き分けている。そういう世界を捉えるとき、そこに壁があるというか、対象との間にバリアがあるとでも言うのでしょうか。そういうところの把握の仕方というのは非常に面白いなと北斗賞の時も思いましたし、今回句集として改めて拝見した時にも同じことを感じました。先ほど髙柳さんが勤労者の視点というようなことをおっしゃいましたけれども、私はもちろんそれもあるんでしょうけれど、もっと根源的な孤独感、都会的な孤独感というんでしょうかね。そんなものが一集の中に通底しているように感じました。「**未来明るし未来明るし葱洗ふ**（47）」なんて言う句は、恐らくは「未来明るし」が1回だったらすごく明るい句になると思うんですけれど、2回繰り返されると、これはもはやそうあってほしいという願望というか、あるいはそうありたいと口をついて出てきている言葉というか、そこがこのリフレインの意味なんじゃないかと思います。「葱洗ふ」という非常に些細な日常の営みの中に、そういう明るい未来を信じたいというある種の切実な願いみたいなものが、私はこの一句などにはすごくよく表われているんじゃないかと思います。労働という観点から言うならば「**冬近し無料情報誌の黄色**（93）」これももしかしたらお仕事を探す情報誌かもしれない。こういった素材の持ってきかたが都会的ですし、そこにちょっと屈折した抒情みたいなものがあるかなという感じを受けました。この辺りがこの方の一番の持ち味なんじゃないかなと思いました。その一方で結構ほっとできる感じの句もいくつかありましたよね。お子さんを詠んだ句なんかは「**子の問に何度も虹と答へけり**（79）」、父親としての屈託のない明るさを感じるような句もあります。「**息白しあにいもうとの耳打ちは**（103）」こういう子ども同士のやり取りを見る眼差しなんかは、ある意味この一集の中では救いになっているというか、読者の心を落ち着かせることのできる句であったかと思います。逆にちょっと狙いの分かりかねる句も正直ありました。「**唐揚の山唐揚の天の川**（86）」これは私は正直ちょっと分からなかったですね。「山」は山盛りになっているんでしょうけれど、「天の川」というのはどうなんだろう。川みたいに真っ直ぐ唐揚げが並んでいるのでしょうか。この辺りが、何か面白いことをやろうとしているんだけど、あまり上手く行ってないなということは思いました。そういう意味ですべての句に賛同できるわけではないんですけど、ある種独特の切り口や世界を見る捉え方というのにはこの方の独自性というものがはっきり現れている句集だと思いました。私はそこは非常に評価したいと思いますし、尖っている句集ではあるんですけれど、実はその内側にこの人の傷つきやすさが見え隠れするようなところもあって、そこが読んでいる側としては心惹かれるところというんですか。そういうわけでは私はこの句集を二番目に推させていただきました。

司会：ありがとうございました。では1点を入れられた関選考委員、お願いします。

関：これは私もいい句集だと思いました。点数としては1点となっていますけれど、他とさんざん迷っての1点なので結構評価の高い1点です。髙柳さんがたくさん出してくれたんですけれども、まず子供を持った労働者としての生活詠という世界が土台としてあって、それで歴史や社会に対する目もある。ここまでだと普通なんですよ。句集全体としても特別スケールが大きかったりボリューム、厚みがあったり、謎めいたところがあったりということもなくごく実直な句集なんですけれども、それにも関わらずあるポエジーがある。生活者の世界、自分が住んでいるこの日本の歴史、社会、世界とは別に、句集のタイトルが「サーチライト」というのが入ってくる。作品の中に映写機だとか投光器だとか試聴機だとか、映像と録音とその再生に関わるイメージはいっぱい出てきて、こういう機械への偏愛の要素は単に都市生活の写生、身の回りにあるものを書いているということだけではないと思うんです。さっきも佐藤さんがあげてくれた「**穭田を粒子の粗い友が来る**（23）」とか、「**枯園の四隅投光器が定む**（25）」光が当たって、それで枯園の四隅が定まる。「**陽炎へるまで試聴機を再生す**（126）」、冒頭の「**映写機の位置確かむる枯野かな**（15）」それから「**レコードの空転が始まる彼岸**（19）」「**綿虫はイヤホンの音漏れが好き**（24）」「**短夜の映画の青を手に掬ふ**（75）」こういう映像・音声関連の再生機器、ここら辺が入ってくるというのは写生由来というよりもモダニズム的な美観に近いものが先行しているのかもしれないし、実際モダニズム的な美しさの俳句の一つの源流である日野草城が出てくる。「**草城忌洋酒都市めく吊戸棚**（113）」という、これもよくできた句だと思うんです。こういう明快な美しいもの、都市的なもの。その一斑として出てくるばかりではない気がするんですね、録音再生関係は。「サーチライト」という表題が定まりかけて、それに引きずられて句集の世界がだんだん固まってきたという内容のことがあとがきに書かれています。機械美だけだったら生活詠の枠内で流してしまってもいいですけれども、「光」という要素が入ってくるとそこで求道的求心的な精神性だとか明暗がきっぱりつくドラマチックさなども入って来る。光に対する精神的な憧れみたいなものを呼び起こすサーチライトだと思うんですよ。憧れを呼び起こす明るみが例えば仏教的なイメージとかそういう手垢のついたものじゃなくて、ごく無機的な機械の中にあちこちにちらちらとある。その中で粒子の粗い友になったり、試聴機を再生して陽炎になったり、こういう存在のあやふやさみたいなところまで踏み込むので、この人は実直な生活者として子供を育てて働いていて、その中で自分の生活や存在そのものが全部録音再生機器の中で再生されているかのような、そういう頼りなさ、心細さをもどこかで感じていて、しかしそれも心細くはあるけれどもそれはそれで美しいもので、きつい思いをしながらもそれを受容し、美しく表出している。そういうことをやっているのがこの句集じゃないかと思います。だからこの「サーチライト」という表題に象徴されるような光の要素、録音再生機器の要素は結構重要だと思います。それを表わすように「**映写機の位置確かむる枯野かな**（15）」これも撮影するためのカメラではなくて映写機なので、野外の映画会か何かかもしれません。枯野に映写機があるという普通はない状況なので、違和感を持たせて、単なる映写機ではなくて、この世界、この作者が生きていること自体に直接関わるような映写機なのではないかということがここでは暗示されている気がします。機械といえば「**殆どが桜で出来てゐる機械**（58）」という謎な句があって、これはそんなに上手く行っている句ではないかもしれないんですけれども、桜の花を異化しているというか、単に花としてめでたいとかいうことだけではなく、それを使って別のもの、国家とか何かが稼働している。そういう不気味なところへ触れようとしているのかもしれません。あとは髙柳さんも出しておられましたが、食べ物関係の句が割と健やかな句が多かったです。「**設へしハムの原木山眠る**（11）」「山眠る」は割にどこにでもつくんですが、ハムの原木につくと豊かなハムの原木が感じられます。「**春陰や平ら**

なインドカレー来る（117）」インドカレーはあまり粘りがなくてさらさらの、お店で作っているものなんでしょう。「平らなインドカレー」という把握が目が確かで、春の光を返すカレーの表面と、見えない内部の豊かさが同時に出ている。佐藤さんもあげられた「**唐揚の山唐揚の天の川**（86）」。これは勢いでできた句かもしれません。あえて真面目に付き合って読むと、唐揚げが山積みになっている。山積みの唐揚げだから家で一人で食べているわけではなくて、恐らく大勢で卓を囲んでいるんでしょう。「山」だから下から上へ視線が動いて、上を向くと天の川がある。「唐揚の山」までは普通のレトリックなんですが、「唐揚の天の川」は加藤楸邨の「天の川わたるお多福豆一列」なんていう謎の句がありますけれども、あれに通じる、唐揚げが空を飛んでいるという楽しいような阿呆くさいようなイメージが出る。それと同時に天の川というのは悠久の時間と空間であって、その中で人の儚さみたいなものがふと感じられないでもない。楽しく飲み会をして料理が山盛りにしてあって、しかしそれも悠久の時の流れの中で一瞬の場面に過ぎないという、そういう寂しさを感じ取っている句なのかもしれない。深読みかもしれませんけれど、これは馬鹿馬鹿しさが意外と深いところまで行っちゃっている句なのかもしれないので、それはそれで面白かったです。生活詠と歴史社会への目と、プラス録音再生機器関係の光の要素。これらがどれか二つだったらそんなに珍しくないのかもしれないけれど、三つ全部共存してちゃんと統合されていくところで、ある達成を感じさせる句集ではありました。全体としてそんなに名句ばかり目白押しというわけでもなくばらつきはあるんですが、地味な句ですけれども「**鶏頭の少なき町に移りけり**（159）」というのも、何も言っていないようで情感があります。鶏頭は一度気になれば気になる花なので、引っ越した先でそれが少なかったら物寂しい気がするけれども、本当に心の底から寂しいというほどではない。この些細な変化が生活にこれから影響してくるかもしれない、という感じやすいところが出ていますね。これも一見地味ですがいいなあと思ったのは、「**人間の指から昏き花野かな**（160）」これは自分の指かもしれませんけれど、そこから昏い花野がはじまる。「昏き花野」という衝突する要素を孕むイメージが人間の指を始点にして見えてくる。これは自分の身体でもあるだろう指から、周りに明るいとも暗いともつかない、その両方の複雑な要素が合わさった、きれいで恐ろしいような世界が広がっていることがふと見えはじめてくる感じがして、静かで深いところに行っている句じゃないかと思いました。今回は上にいくつも大変いい句集があったもので、私は3位にしてしまいましたけれども、これも充分評価できる句集だと思います。

司会：ありがとうございました。では髙田選考委員、お願いします。

髙田：最初に3位と4位で迷いましたと申し上げましたが、私もこの句集についてはだいぶ迷いました。点は入れていませんがいい句集と思っております。私がいいなあと思った句はほとんど出てしまったので、あえて重ねることはしませんが、映像とか音に関する句が多いので、私は単純にこの方はそういう関係のお仕事についていらっしゃるのかなと思いました。身近なのでしょう。生業だからそれに触れざるをえない。だから「友の映像が粗い」という発想が、他の人よりたやすくできるんじゃないか。また、子連れ句会をやっていらっしゃるということですが、子育てを実際に自分の手でしていることが分かる句がたくさんありました。家事もなさっている感じですね。さっき佐藤さんもおっしゃっていましたが、「**未来明るし未来明るし葱洗ふ**（47）」暗いなあと思っているからこそ明るく明るく、と自らを励ましている句。そこに「葱洗ふ」がさっと出てくるのです。そういう生活をなさっておられるのですね。明治や大正に生まれた男性の作家にも子どもの句はたくさんありますし、名句と言われる句もたくさんありますが、彼らが子どものおむつを替えたかというと替えていないと思うのです。時にはしたかもしれませんよ。でも自分の役割としてはしていない。だからこの人は、現代の男性の詠む子育ての句を新しく拓いていかれる方だと思います。男性女性と言うこと自体が間違っているかもしれませんけど。「**痒さうに紺朝顔の萎みけり**(85)」この「痒さうに」というのも納得がいくし、一句になっているところを見たことがない気がします。ふっとした面白さもある句集だと思います。以上です。

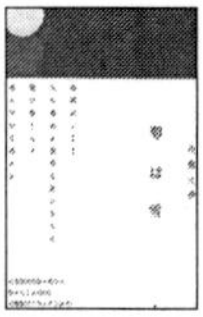

佐藤文香句集『菊は雪』

司会：ありがとうございました。次の句集は2点を取られた佐藤文香さんの『菊は雪』です。『菊は雪』は6月30日に左右社から出されています。佐藤さんは１９８５年生まれで36歳、今回の句集は第3句集となります。第2句集も田中裕明賞に応募して下さいました。第1句集『海藻標本』で第10回宗左近賞を受賞。第2回芝不器男俳句新人賞対馬康子奨励賞、第1回円錐新鋭作品賞白桃賞を受賞されています。高田選考委員と高柳選考委員がそれぞれ1点ずつ入れられています。では高田選考委員からお願いします。

髙田：この句集は両開きの体裁になっておりまして、裏側からは「菊雪日記」が始まっている。面白い作りになっていました。どちらかというと私は日記の方が面白いなと思って読ませて頂いたんですが、そこに自分の句集を読み解くための攻略本になるかもしれないと書かれていたんですね。つまり、攻略本が必要な詠み方、というよりこの方の場合は書き方というんですか。そういう書き方をしていると自らおっしゃっていると受け止めました。これは後で出てくる句集ですけれども、『ぜんぶ残して湖へ』の栞を佐藤さんが書かれていて、そこに「今、わあっ！　と『わかる』俳句が、俳句にはどうしても要る」とありました。つまりそのままではわあっ！　と分からないから読み取り方指南が必要だと。有季とか定型とか言われる俳句はわあっ！　とは分からないのでそれにこだわっていては俳句の先行きが心配、という感じなんだろうと思うんですが、佐藤さんの書かれている俳句も、「攻略本の必要な」俳句なのですから、わあっ！　とはわからないんじゃない？　とも思いました。日記のおかげで分かった句集ではありますが、よく考えられて大切に大切に作られた一集だということがまず伝わってきました。日記がないと、自意識や計らいの方を強く感じてしまったかもしれません。惹かれる句もたくさんあったんですけれども、3位に留めざるをえなかったのはそういうところだったと私は思っています。賢い作り方の句もありましたね。本歌取りみたいな形。いずれもきれいに出来ていると思いました。「**枯草の隙間を細く氷りけり**（61）」これはいわゆる有季の側から言えば「枯草」「氷る」が季重なりなんですけれども、まったく抵抗なく、非常に美しい句として受け止めました。目の効いた句として私が評価する句は、もしかすると佐藤さんにとっては有難迷惑かもしれないと思ったのですが。「**ここであける手紙に雪がふれにくる**（68）」「**冬瓜はかかはらず雪の味がする**（119）」「**のどかあたたかうららかひながかへるつて**（144）」これも季語の連呼ですけれども、「ひながかへるつて」で納めるあたり、巧みですね。「**舫ふなり光に傷む冬波に**(20)」この「傷む」の使い方とか、「**硝子器に馬酔木したたる朝かな**(22)」この馬酔木の花の「したたる」という捉え方は的確です。イヤな言い方になってしまいますが、いわゆる写生の修練に時間を費やしたくなくてこういう書き方をしているのではなくて、デッサンもしっかり出来た上で新しい書き方を切り開こうとしている人なのだろうと改めて思いながら拝読いたしました。「**風船に角なき息のめぐりける**(23)」「**線を引きそれを弧といふ鳥の恋**(53)」は理が勝ちすぎている気もしますが、でもまさにその通り。比較的素直な句ばかりを取り上げましたけれども、共鳴する句もたくさんあり、造本も含めて工夫に満ちた句集でした。なので3位にさせて頂きました。

司会：ありがとうございました。では髙柳選考委員、お願いします。

髙柳：10代の頃から俳句をなさっている方なので、色んな俳句の書き方ができる方です。腕のある方だなあと思って拝見しました。一番好きなのは「**香水の水面の狭く並びけり**(15)」です。鏡台に並べられている香水瓶を詠んだのでしょうが、ああそういえば香水にもうっすら水面が見えるなあ。しかし川や湖と違って非常に狭い水面だなあという。ここで「香水」が非常に実感を持って読者の目にも見えてくるような気がするんですね。水面を発見した、ということでね。いわゆる写生句の範疇に入るのかな、こういう句もいいと思いましたし、「**目薬や山国に秋ゆきわたる**(18)」目薬にあまり「や」はつけないと思うんですけどね、目薬をさして、どこか旅に来ているのでしょうか。見渡した山々が錦秋、紅葉に覆われている。それが目薬をさした眼でぱっちり見えてくるところが爽やかだなあと思いました。「**木犀やくづれてぜんぶ君の本**(28)」恋の匂いの漂う句だなと思いました。

これは「君」の家に来ているというよりは、一緒に生活している家に「君の本」が大量に置かれているという状況じゃないかな。「君」は本好きなんでしょうね。山のように本を積み上げていて、何かの弾みで崩れてしまった。ハプニングなんですけどね、そのハプニングを二人で楽しんでいるような恋の風景が浮かんで来る句だと思いました。「**雪降ればいいのに帰るまでに今**(47)」畳みかけるような切迫した物言いが、これも私には恋の句に見えたんですけれどね。バイアスがかかっているのかもしれないけれど。雪が降れば帰らなくてもいいとかそういう理屈ではないと思うのですが、二人でいる時間を雪が彩ってくれたらいいのに、そんな淡い思いをここに読み取りましたね。「**春風や手鏡ごとの鼻の穴**(75)」これも言われてみると、手鏡って顔を下から映すなあと思うんですね。そうすると基本的には顔を見るものだけれど何と言っても鼻の穴がよく見える。気付かされるようなところがあります。「春風」の配合も相まって、春先の街角、男女問わずみんなお洒落するようになる季節、春の訪れを感じる句だなと思いました。「**雁渡るモルタル壁の理髪店**(85)」これは美容室じゃなくて理髪店といった感じですね。今は建材としてモルタルはあまり使わないんじゃないでしょうか。昔ながらの理髪店なんだろうなあと。それが失われていくという甘やかな情緒を感じました。「**特急に夏の一級河川かな**(91)」名詞だけを使って上手く組み立てているなと思いました。「一級河川」だから、その周りに住む人々の暮らしがあるわけですよね。その中を特急が通ってゆく眺めです。人の営みの尊さを感じさせてよかったと思います。「**真菰枯れ折れたり沖は日の塒**《ねぐら》(135)」「沖は日の塒」なんていいフレーズだと思いました。沈んでゆく日、あれは塒に帰ってゆくんだという風に見たのかなあ。それと近景の真菰が枯れている風景で、風景を描きつつ水辺に佇んでいる作者のちょっと寂しげな情感みたいなものを感じさせる句だなと思いました。「**木蓮や歯磨きをしてもらふ馬**（144）」というのも健やかな馬の風景ですよね。という風に、あげてゆくと写生句の秀句もあるし、叙景句の風景もあるし、取り合わせが面白いものもありますしね。恋の匂いが漂うような、抒情的な句なんかもいいなあと思います。単純に採る句が多かったなという感じでした。髙田さんが言っていることと共通しているかもしれませんけれど、作者がやりたかったことはまた別なのかなあと思って。「**パターンで書ける俳句や敗戦日**（66）」という句があったりするんですね。案外ここに本音が出ているんじゃないかなあと思って。パターンで書ける俳句は、自分は作らないんだ。そういう思いがあるんじゃないかな。で、そのパターンから逸脱した句として表題句「**ゆめにゆめかさねうちけし菊は雪**（168）」という句があると思うんですね。最後の「菊雪日記」にこの句の自句自解なんかも載っているんですけどね。「ゆめにゆめかさねうちけし」というのは和歌の情緒的な言い回しを俳句にバイパスするようないいフレーズなんですけど、私は「菊は雪」がよく分からないんですね。菊は秋の一番終わりに咲く花、一年の最後に咲く花という伝統的な本意がありますから、「菊に雪」ならあわれの漂ういい句だなと思うんですが、多分作者としては「菊は雪」にしたいんですね。で、案外この「に」と「は」のたった一字の助詞の間に大きな違いがあるんだと思って。そこを受け止めきれるかどうかというところで、ある種読者を選ぶところもあると思っています。私の俳句観としては、俳句は庶民の文芸ですのでね、色んな人に、ただしもちろん俳句そのものがよく分からないという人も少なからずいるんですけれども、文学の素養のある人もない人まで広く読んで何かしら感じ取れる俳句がいいんじゃないかなと思うので、「に」なら分かるけれど「は」の壁が越えられなかった（笑）。一読者としてね。そうした壁を、この句だけではなくて、ところどころに感じたということで3位ということにはなったんですけれど、非常にこの作者が積み上げてきた歳月に相応しい力量が示されている句集だなと思いました。以上です。

司会：ありがとうございました。では佐藤さん、お願いします。

佐藤：私はこれは次点くらいの感じで読みました。皆さんがあげて下さっている通り、例えば即物的な写生句もいくつかありましたね。髙田さんがあげて下さいました「**枯草の隙間を細く氷りけり**（61）」とかね。最初の方ですが「**白菜の芯立ち上がり咲きにけり**（11）」これは茎立の白菜なんじゃないかと思うんですけど、春になって花を咲かせているんですね。こういう地味な素材を即物的に描いているような句がいいと思います。レトリックや表現に凝った句も結構ありました。「**舫ふなり光に傷む冬波に**（20）」この句は「光に傷む」という措辞が綺麗すぎるくらいじゃないでしょうか。同じような作り方は「**雨粒に光の憩ふ焼野かな**（150）」今度は「光の憩ふ」という措辞を使って作っています。果たしてこの辺りが佐藤文香さんの本領なのかどうかということはちょっと気になるところです。「パターンで書ける俳句」なんて句がありましたけれど、もしかするとこの辺は若干そういう傾向があるんじゃないかなと私なんかは思ってしまったところもあります。上手な句ですけれどもね。上手すぎる感じもしました。私が面白いと思ったのはもう少しユニークな視点で世界を捉えている句でしょうか。例えば「**高く遠くリフトが運ぶスキーの脚**（35）」リフトで運ばれてゆく人たちの群れを下から見上げて詠んでいる。こういう視点の句というのは新鮮だと思いました。こういう路線の句は面白かったです。「**自転車は蟬の羽音を立てて去る**（41）」この「蟬」はもはや季語ではないと思います。自転車の車輪が回転してゆくときにカタカタと鳴る、その音をあたかも蟬の羽音のようだと見立てて詠んでいるんだと思います。こういう発想はすごく新鮮な感じがして、私はこの句集を読んで一番面白いなと思ったのはこの辺りの作品でした。ただとにかく、技のデパートというか色んなことが出来すぎちゃう人なんでしょうね。だからすごく安定した写生句もあればすごくレトリックに凝った句もあり、そうかと思うと非常に意欲的な、前衛的な作り方の句もある。さらに言うと、単純に句数が多い。五百句くらいありましたし、読んでいて何だか色んな人の句が混じっているような感じがしてしまうんですね。例えばさっきの西川火尖さんの場合には、火尖さんのトーンというものがはっきりあって、一冊の中から立ち上がってくる作者像というものが割と安心してこちらの中に入ってくる。相子智恵さんの場合も、作者の世界を見るまなざしにあるひとつの傾向、特徴があって、それがまとまりとなって句集の雰囲気を作っているという感じがしました。それに比べると文香さんの句集は、場所によって全然違うというか、色んな人の合作を見るような気分に私はなってしまったということです。器用だということだと思います。だから色んなことが出来てしまうし、色んなタイプの句が自ずと入ってしまったのかもしれないけれど、それが結果として句集の一冊としてのまとまりだとか、一体感からはむしろ遠ざかってしまったのではないかと、私はそんな印象を持ちました。それから途中に短文が挿入されている箇所がありましてね、これは私は正直言えばなくても良かったかなと思います。私は句集はやっぱり俳句で勝負してほしいなと思うし、短文が入っていて絶対ダメとは思わないですけど、むしろこれが入ってしまうことが俳句の世界に入りかけた読者にとっては少し邪魔になるというか、違う頭に切り替えなくてはいけなくなる。そんなことも感じて、短文が必要だったかどうかはやや疑問を持ちました。非常に力がある人であることは間違いないと思っていますし、力があるだけに色んなことができてしまうし、またそれで色んなタイプの句が入ってしまったのかもしれないんですけど、私の印象としてはそれが今回はあまり上手く行かなかったんじゃないかなと正直思ってしまいました。取れた句はもちろんたくさんあるんですけれどね。3席までには入らなかったのはそういう思いでした。

司会：ありがとうございました。では関選考委員、お願いします。

関：私もこれはできれば最高点をつけようと思った句集なんですが、皆さんがおっしゃることも分かるんですが、意外と点が入らなかった。句を見ていきますと最初髙柳さんがあげてくれたような句、「**香水の水面の狭く並びけり**(15)」や「**目薬や山国に秋ゆきわたる**(18)」この辺は私も丸をつけているんです。でも写生的に、いわゆる俳句の中でいい句を作るということは佐藤文香さんはいくらでもできるんでしょうけれど、第一句集の時点でそういうものは卒業してしまったという感じがする。第一句集の表題が「海藻標本」というんですけれども、「標本」というのはもう自分にとっては終わったものということだろうと私は取ったんです。それで第二句集が恋愛にテーマを絞った薄い句集『君に目があり見開かれ』になる。それから本領発揮的なこの第三句集なんですけれども、裕明賞も含めて新人賞的な、あるいは俳句コンテスト的な評価基準そのものを一切合切相対化してしまいかねない危険さを持った句集なんじゃないかという気がするんですね。作者像が統合的に立ち上がって来ないで色々ばらばらなことをやっているというように見えるのは佐藤さんがおっしゃったように普通ならマイナスなんだけれども、この句集の場合はマイナスとして取るべきかどうか、そこから考え直すことを迫ってくる批評性があるのかもしれない。

私は、佐藤文香さんに関してインタビューを受けたときに、「普通の作者だと自分がほぼ作中主体とイコールになって、それで言葉を使って句を作るわけですけれども、佐藤さんの場合言葉やイメージやフレーズに対して、彼らをプレイヤーとし、自分を監督として采配を振るって色々やらせているんじゃないかと思う」という話をしたことがあります。第一句集で普通にいい句を作るというのはもうやってしまった。その先でこの人が何をやっているかと言うと、ものすごく抒情的感情的な要素が濃厚に見えるにも関わらず、作品内容と自分とがそんなに直結していない。佐藤さんの特異な点というのは、自己愛があるとしてもそれが自分自身に直結せず、俳句なら俳句という形式に結びついていて、それで「野暮ったいものは絶対に作らない」というところにその自己愛がかかっている。やることがどんどん高度になっていっちゃうし、それが作者としては生身の自分とは直結しない形で進化発展していくんだけれども、そうやって高度なことをやって野暮ったいものを避けた結果としてある意味俳句をやっている人からは一番分かりにくい句集になっているかもしれない。何をやっているか、どういう出来のものかということは、俳句をやっていない、詩や小説の読者に対しても分かる形にしたいというある過剰さからその形に行きついてしまったんでしょう。高度な、ここまで来たら誰も分からなくていいよと開き直っちゃってもいいようなことをやっていながらしかし制作日記まで付けて説明しないと気が済まないという両方が入っているから、何だかすごい熱量の句集になってしまっているんですね。その意味で、私はさっきから他の句集に関しては作者独自の方法なりスタイルなりが出来ているかという話をしていましたけれども、これの場合同じ水準で切ってもあまり意味がない。様式はあると言えばあるんでしょうけれどもそれがメタ俳句、メタ句集的なところでやられている。種明かし的な句が「**パターンで書ける俳句や敗戦日**(66)」で、この句自体はいいとも何とも言い難い句ですけれども。俳句に関して直接書いてしまうメタ俳句って出来のいいものになることはあまりありませんけれども、これがちょうど絵解きになってしまうんです。パターンで書けるようなものはもう書き尽くされているし、それはもう自分はやらないという宣言みたいになっている。「敗戦日」は社会的・歴史的にすごく大きな季語ですが、それに対しても俳句で詠まれる時の手付きが俳句大会なんかの投句を見るとあまりにも陳腐化しすぎている。この題材に対してパターンで書けるような句を書くことの方が歴史・社会に対して不誠実ではないかという思いがあるのかもしれない。これをこんな句にしてはいけない。これだけのものを扱うならそれだけの句にしなくちゃいけないという思いがどこかにあるのかもしれない。だから内容をまるきり軽んじて馬鹿にしているわけではないんですけれど。これは「敗戦日」の句ではなくて敗戦日に関する俳句の句ですから。そこで自分のスタンスの説明になってしまう。そういうことの結果としていい句、面白い句がいっぱいあって読み返すたびに色々出て来るので、選ぶのに困ってしまいます。私が初見で面白かったのは多分いい句としてはあまりあがって来ないだろう「**時の日の水色のランドセルの子**(107)」、時の日は6月10日です。休日ではない。子どもが出てきてもいいけれど、「水色のランドセル」ってどこから出てくるんだろう。これがある明るい印象を生みますけれども、それが意味としてはどこにも帰着しない感じがあって、「時の日」と「水色のランドセル」の何とも名状しがたい明るさだけがある関わり合いというのが、ともすれば暗喩的にどこかの意味に落ち込みそうなところを全部身をかわしながら進んでいく感じがして面白い。暗喩的に意味をつけてしまうのは簡単にできますけど野暮ったくなる。「**アヲウミウシこの町の少年少女**（140）」これも不思議な句です。よその町にたまたま来た時に見た少年少女という感じがする。「アヲウミウシ」という鮮やかだけどかなり変わった姿の生物が頭に置かれて、このイメージが全体を支配するからこの「少年少女」も不思議な生物みたいに見えてしまう。それが旅情的なものもあるけれど、それを通り越してちょっと変わった世界に入っちゃったような気もする。しかしそこまでファンタジー的な作りの句ですと分かる形にはしていないわけです。言葉の上の取り合わせだけで少年少女の存在感を変えている。「**まぬるねこすなねこ夏の飲める水**（144）」これがまたわけが分からない句だと思えばわけが分からないんですが、変わった2種類の猫が出てきて、それで「夏の飲める水」と来る。色々可愛い、変わった、不思議な生物がいて、それで季節は夏であって、水がある。飲める水である。で、「飲んでゐる」だったら普通の報告句になってしまう。飲める水があって、不思議な生物がいて、それを自分が見られていて。そこだけで世界の豊かさが感じられている。マヌルネコやスナネコに自分の思いを乗せようとしているわけでもないし、それを写生しようとしているわけでもないし、それが世界にあるということだけを俳句という形式を通して引き出そうとしている感じがします。日常生活ベースの句も、コロナが流行りだしてからの「**画面の君へ消毒液負けの手を振る**（149）」という句もあるんですけど、こういう日常寄りの句でも言葉の配列の仕方がちょっと変わっていて、自分の気分に取り込まれるようにもならないようにしているし、暗喩的にどこか別の意味へ帰着する作りにもしていない。意味合いを理解しようと思ったらこんなに面倒くさい句集はないんですよね。解が無いに近いわけだから。その中で、意味の重さから身をかわしながらパフォーマンスしていく言葉、そのダンスに自分の実存がかかっているというタイプの句集なので、これを評価するとなると他の句集が全部同じ評価基準に乗っかってくれない、消し飛んでしまう危険な句集だと思います。その意味であまり点が入らなかったのはしょうがないのかもしれないと思いました。以上です。

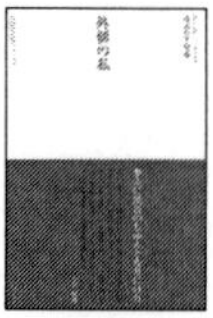

清水右子句集『外側の私』

司会：ありがとうございました。次は清水右子さんの『外側の私』をお願いしたいと思います。こちらは5月29日にふらんす堂から刊行されています。清水さんは１９７８年生まれで43歳。この『外側の私』が第1句集です。「鷹」の同人で俳人協会会員でいらっしゃいます。1点を入れられた佐藤選考委員、お願いいたします。

佐藤：「鷹」の人らしい取り合わせの感覚の良さを感じました。「**白薔薇バレエシューズは夜古ぶ**（11）」は素敵な句だったと思います。対象の拾い方も面白いと思った句もたくさんあります。「**明日捨てる絨毯に寝転んでゐる**（16）」「絨毯」という季語を捨てるものとして詠んでいるというところも非常に斬新でしたし、「寝転んでゐる」というところには、捨てるんだけど何となくまだ惜しまれるような気持ちも表われていて、そういうある種の抒情性は評価したいところです。「**身体から剝がす水着のあたたかし**（63）」「剝がす」という言い方の中に、水着の素材の質感が非常によく出ていると思いますし、脱いだ水着を「あたたか」だと感じる感覚が生き生きと対象を描けていると思いました。こういったところがこの句集の一番の見どころだと感じました。全体を通してみると結構主情的というか、自分というものを強く意識している方です。作品にもそれがはっきり出ていると思います。そもそもタイトルが「外側の私」というものです。表題句は「**外側の私を流すシャワーかな**（64）」から取っているんでしょう。外で働いたりしている時の自分と、家に帰ってきてリラックスした時の自分。自分の中に外側と内側というようなものをこの方は普段感じていて、それがこういうシャワーで洗い流すという発想に繋がっているのかなと思います。この句集には「われ」や「私」が多いんですよね。もう一つあげると、「**手を挿して泉に我を知らせたり**（62）」なんて句があります。これも面白い発想だと思います。泉に手をひたすという句はそれこそ山ほどあると思いますが、「泉に我を知らせた」、自分という存在を泉に認識させたという切り口、捉え方は斬新な感じがします。ですが「我」「私」が多すぎたかもしれない。「私」は数え落としがなければ8句くらいあったかと思います。やや多いかなというのは正直思いましたし、あとは直喩の句も結構多かったです。直喩の句で一番私が惹かれたのは「**幾重にもドアあるごとし雪の暮**（54）」「雪の日暮れはいくたびも読む文のごとし（飯田龍太）」ではないけれど、重層的な世界と言うか、そこに閉ざされている感じと言うんでしょうか。こういうところの直喩は非常にいいと思いましたが、ちょっと直喩が多かったのも気になるところではありました。そういう意味では、表現のバリエーションはもうちょっと持っていた方がいいかもしれません。もう少し色んな俳句の作り方が出来るようになると、もっと句集全体が充実したものになっていくんじゃないかなと。そういう期待を感じつつ私はこちらを3席で推させて頂きました。

司会：ありがとうございました。では髙田選考委員、お願いします。

髙田：「外側の私」というタイトルは面白いと思ったんですけれど、外側の私はほとんど詠まれていなくて「**外側の私を流すシャワーかな**（64）」の通りさっと流して、内側の私がたくさん詠まれている句集でした。佐藤さんがおっしゃったこととかぶりますが、「私」の気分、楽しいとかだるいとか寂しいとか怖いとか、そういうものが前面に出続けるので、終いにはあなたはそうなのねと読みながらそんな感じになってきてしまう、読者をそういう気分にさせてしまうのはもったいないと思いました。直喩の話も出ましたけれど、動詞も似たもの使っていて、「噛む」「蹴る」がだいぶ多かった気がするんですね。目立っていました。やはり若い人のひりひりするような日常というのを詠もうとすると、そういう動詞が増えるのかもしれないですね。ただ、「**七夕や蹴るやうに脱ぐハイヒール**（13）」この「蹴る」はなかなかいいんじゃないかと思いました。季語が「七夕」ですからちょっと意味深かも。また、無難な作り方かもしれませんが、「**消火器の薄き埃や梅雨深し**（23）」は、きちんと出来ていると思いました。直喩の句では「**着ぶくれて荷物の如く坐りをり**（31）」荷物みたいになっちゃった。これは気分が出ているなと思いました。「**私より私の匂ふ毛布かな**（33）」これはいちばん実感があります。「私」が2回も出てきますけれども、よく詠めていると思います。「**大蛸の眼のあたりよりうねる**（43）」自分というものが消されていて大蛸に焦点が当たっているんですけれども、でも「眼のあたり」に気づいたときのこの人の眼差しは確かに感じられて、このような対象に目を据えつつ自分を出す詠み方も出来ています。それがもう少し高い比率で入っていればバランスの取れた句集になったのではないかな。後は「春」「夏」「秋」「冬」という季節を表す言葉が入った句もたくさんありましたよね。「夏来たる」とか「春ゆけり」とか。これは季節のうつろいと言いますか、ああ今日から夏になるんだわというような意識でもって暮らしていらっしゃるんだろうと思うので、いけないわけではないんですけれど、この句集の中に入っている総句数からすると季語のバリエーションも少ない、偏りがあると受け止められると思いました。以上です。

司会：ありがとうございました。では関選考委員、お願いします。

関：「私」が多いとか直喩が多いとかまったくその通りで、私は点を入れていないんですけれども、「私」という言葉を直接使っていない句でも「**夏帽や言ひ足りなくて氷嚙む**（9）」も自分の気分を表す動作でしょう。他にもそういう句が至るところにあって、自分の気分・感情が主であって、それに対して句の作りが直情径行すぎる。なので読者としてはちょっときつい言い方ですけど、俳句を読むよろこびがあまりない句集だと感じました。「私」が出てくる句が他にもいっぱいあって、「**ゼリー掬ふ泣く掬ふ泣く私かな**（26）」俳句の中でいきなり泣かれると大体読者が置いてきぼりになって同調をなかなかしにくいんですけれども、これは「泣く」という言葉を出しながらも泣きながらゼリーを食べている自分を戯画化して出している句にはなっています。しかし戯画化出来て軽くなれているかどうかというとちょっと怪しい。「**氷みづ簡単に許してはならぬ**（45）」「**外側の私を流すシャワーかな**（64）」も自分の気分を直接詠んでいる句であって、題材の幅も奥行きも限られすぎな気が句集全体としてしてしまいます。「氷みづ」の句は単独で見たら悪くはないと思いますが。よかった句を拾うと自然を詠んでいる句が割とあって、「**野分後鏡のなかが広くなる**（28）」野分が止んだ後、鏡の中が静まって広くなって見える。野分の後だから明るくなっているんでしょうけれど、この感覚は冴えていると思いました。外界に反応している句では

「ラーメンに海苔沈めたり台風圏（48）」「ラーメンに海苔沈め」が自分の動作でしょう。ここまでが日常生活なんですが、それで「台風圏」というとスケール感の違う連想が広がるというか、台風で水没する地域が出てくるかもしれないという危機感を孕みながら海苔を沈めている。これも気分が強い句ではあるんですけれども、一応外と繋がっていて、そこで暮らしている人の存在感が間接的に出せている句じゃないかと思います。「春」とか「夏」が直接入ってしまった季語の句は「**クレーンゲームに人形の腹掴む夏**（64）」人形とはいえども腹を鷲掴みにするとなかなか苦しげですけど、ゲームをやっていればそういう風に見える。加虐性や残虐みがまったくないわけではないけれど、景品が取れたから楽しんでいるのかもしれない。そういう夏ですね。これは気分的な要素がないわけじゃないですが、悔しいだの悲しいだのだけではなくて、もうちょっと複合的な曰く言い難い気分が人形と私の間で出ているかもしれません。『**頷けば脳に砂音夕桜**（59）」これも頷いてはいるんだけどそのことでかえって不毛感が出るという微妙な違和感が掬われていて、それが全体が「夕桜」に染まっている。これもなかなか複雑な句かもしれないですね。「**夕立に渋谷のしゆんとなりにけり**（64）」これは雨を浴びた大都市の渋谷がしゅんとなったように見えたという感情の暗喩の句なんでしょうけれど、擬人法的な捉え方、「しゆんとなる」という言い方が出来て上手いですねと見えるところがそのまま臭みにもなってしまう。両義的な句なわけでそんなに褒めるべきかどうかというのはちょっと怪しいです。結果的に取った句はあまり多くありませんでした。

司会：ありがとうございました。では髙柳選考委員、お願いします。

髙柳：皆さんがおっしゃったように、「心」を主に取り上げている作者ですね。でもその

「心」にちゃんと輪郭が与えられているというんでしょうか。あまりナマな感情表現として表わされているわけではなくて、ある場面とか仕草とか、イメージできる形で伝えているというところがありますね。例えばさっき関さんがあげていましたけれど、「**夏帽や言ひ足りなくて氷噛む**（9）」テラスで何か深刻な会話をしていて、全部言い切れなかった。そこで言えなかった思いがあったんじゃないかな。そういうもどかしさや悔しさが表わされていると思います。「**マフラーをしたまま夜のボウリング**（33）」こちらは結構楽しい句だなと思います。仕事が終わって、夜にボウリング場に来て。何だか一人でやっているような感じもするんですね。ストレス発散みたいな意味もあるんじゃないかな。そういう都会生活者のエアポケット的な遊びの時間というのが捉えられているなと思います。「**明日捨てる絨毯に寝転んでゐる**（16）」佐藤さんがあげていましたけれど、これもいいなあと思いました。色んな思いが胸に去来しているんじゃないかなと思うんですね。絨毯を捨てるということは、もしかしたら引っ越しするのかもしれないですね。すくなくとも部屋の様子はがらりと変わってしまいますので、それを惜しむ気持ちと新しい環境になる期待感があるのかもしれません。もうちょっと自然詠みたいなものが増えてくるといいのかなという感想がありました。この句集の中にも「**泉湧く音遠くなる近くなる**（27）」とかね。これは自分が移動しているから遠くなったり近くなったりしているわけじゃなくて、作者は定点にいるんだと思うんですね。泉の音は一定なんだけどふっと遠くなったり、近くなったりする気がする。そんな自然に魅了されているような感覚がいいと思いましたし、「**囀は小さき先つぽだらけなり**（39）」という句も、囀りの音を視覚的に捉えていて虚を突かれました。ちくちくした棘のようなものに見えたのかな。こういう風に捉えた感覚。自然詠も描ける作者だと思うので、こういうところにもどんどん自分の得意分野を広げていけばいいのではないかと思います。心情を書くのもちょっとパターンになっているのもありましたね。「**氷みづ簡単に許してはならぬ**（45）」「**水餅やぞろりと湧きし嫉妬心**（54）」いわゆる具体的な物の季語を出して、それに対して観念的・心情的なフレーズをつける。これはある種のパターン化をしていると思いますので、心の描き方についてもまだまだ開拓の余地があるのかなと。そんなところです。

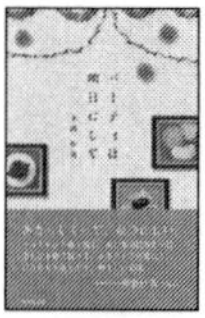

木田智美句集『パーティは明日にして』

司会：ありがとうございました。ここからは点の入らなかった句集について選評をお願いしたいと思います。刊行順に参ります。木田智美さんの『パーティは明日にして』。木田さんは１９９３年生まれで一番お若い28歳で、「奎」の同人でいらっしゃいます。こちらは第1句集で、書肆侃侃房から出されています。佐藤選考委員からお願いします。

佐藤：伸び伸びと作っているという感じは受けました。一番お若い方なんですね。ある種の若さみたいなものは句集全体から非常に強く感じました。ものがしっかり見えてくる句はいいと思います。「**三角の牛乳パック鳥渡る**（24）」どうってことのない句ですけれど、三角の牛乳パックのあの独特の形は、海辺に置かれているテトラポッドなんかもちょっと思わせますし、「鳥渡る」という遠景と取り合わせることによって、世界の奥行きが広く感じられるようなところがあって面白いと思いました。「**先輩の靴のエナメル月涼し**（65）」

エナメルの靴の質感、光沢、そこと「月涼し」はやや近いかもしれないんですが、非常に響き合っている取り合わせだと思います。ただこの句の場合、果たして「先輩」という言葉が本当に必要だったかどうか、ちょっとそこは疑問でもありますね。普通にエナメルの靴と月涼しの取り合わせで良かったのではないかなと個人的には思いましたけれど、こういう取り合わせの感覚はいいと思います。「**夜食とるバレエシューズに傷二本**(123)」これも靴の句です。「傷二本」というところに着目出来たということは、「夜食とる」ですから、家に帰ってきてほっとしている時間帯の捉え方として非常にいい線をいっているんじゃないかなと。この辺りは評価したいです。ただやはり全体としては幼いような印象も正直ありました。特に見立ての句ですね。「**つばくらめなにかを咥え小さな旅**(12)」「小さな旅」というのはＮＨＫの番組にもありましたよね。コロケーションとしてもかなり手垢がついているし、それを燕に対して使うということも含めてオリジナリティというか、作者独自の把握には至っていないんじゃないか。この辺は残念な気がしますし、「**飛魚や胸のリボンをはためかせ**(17)」というのも可愛いらしすぎるというか、飛魚の胸びれを捉えたことはよく分かるんですけれど、「リボン」という隠喩では幼くなってしまうかなということを思いました。後は言葉の省略ですかね、「**太陽のひかりの色の冷やし飴**(19)」これも相当丁寧な感じになってしまっていますよね。太陽だけでも光は感じるし、「ひかりの色」だけで普通は太陽を思うんじゃないかと思います。ここで「太陽のひかり」まで丁寧に言う必要はあったのかとかですね。一集全体を通して言うと、もう少し表現にこだわる姿勢があってほしいなと、私は強く感じました。是非ご自身の持っている素直な感覚というものを大事にしながら、もう少し言葉の選び方であるとか省略の仕方であるとか、そういうところを磨いていって頂けたらもう一段面白い作家になられるんじゃないかと期待しております。

司会：ありがとうございました。では関選考委員、お願いします。

関：楽しんで作っている雰囲気は伝わりますけれど、文体の素直さが考え抜いてこういう格好になったのではなくて、本当に素直にやっている幼い文体のように見えますよね。いい句は色々あって、これも気分や感情が中心になっている句集に見えるんですけれど、さっきの清水さんのとは形成過程が違う。自分の気分がまずあってそれに対して適当な比喩表現になるものを探すとかそういう作り方ではなくて、まず事物が何かあって、そこから引き出される感情や感覚を掬って句にしている感じがします。それで上手くいくとちょっと楽しい句になる。「**スーパーカブに乗れば敵なし雲の峰**(41)」バイクに乗って敵なしと思っちゃう。ここまで思うところが独創性があって楽しい。小さい子どもみたいですけれど、小さい子ども本人だとこういう詠み方は多分できないので、小さい子どものような感情が湧き起こった自分の心の動きが自然の景に即してちゃんと出ている感じがしました。「**めがね屋のめがねまぶしい更衣**(15)」これも「めがね」の重ね方がやや重いかもしれませんけれど、この「まぶしい」と「更衣」は一応すんなり響き合っていますね。事物の方から変な気分が引き出されてくるというので、俳句としてどうか分からないけど微妙に面白いというのは「**靴下を毛布の底で脱ぐよろこび**(60)」布団に入ってしまってから靴下を脱いで素足が出てきて、その素足が毛布に触れる感触が嬉しいという。日常生活の些事に改めて気が付いたときに幸福を感じるということはあるので、東海林さだおとか赤瀬川原平とかああいう人たちのエッセイに通じるような繊細なセコさ、そういうところを拾えていて、そこが愛嬌にもなっていて面白い句ではあります。ただそれがあまりストレートに行ってしまうとちょっと「そうだよね」で終わってしまう。「**春光にさらして角砂糖かわいい**㊽」春の光、角砂糖、かわいい、少し近すぎかなという気もします。常識的な範囲に収まらないところまでアイデアや見立てが飛んでいってくれたら面白いんですが、常識的な反応で収まっているところもあるかなあと。「**ふくろうのはばたけば葉のふぁっとゆれ**㊾」質感的には分かりますが、「はばたけば」で因果関係をつけない方がいいんじゃないでしょうか。当たり前になってしまう。「**マスカット・オブ・アレキサンドリア両手で受け取る**㊾」「マスカット・オブ・アレキサンドリア」って大仰な名前ですけれど、日本で普通「マスカット」と呼んでいるものがこれらしいです。この大仰な名前のものだけで句に仕立てています。これは口語調の文体が生きているかどうか微妙で「マスカット・オブ・アレキサンドリア両手に受く」とか文語調でやった方が効く題材かもしれないことを口語でやっているのかなと思いました。文体と題材との兼ね合いもそんなに考え抜いている感じではないという気がしました。そんなところです。

司会：ありがとうございました。髙柳選考委員、お願いします。

髙柳：生活の実感があって、冒頭で述べたリアリティの出し方と言えば、今の都市に生きている若者のリアリティが候補作の中ではいちばん出ているんじゃないかなという感じはしました。スーパーカブの句もいいですよね。「**スーパーカブに乗れば敵なし雲の峰**㊶」「敵なし」とまで言い切った、見栄を切った感じがいいと思いました。「**ライブ後はみんなばらばら沙羅の花**㊻」この「沙羅の花」は夏椿でしょうね。多分お寺じゃないかなという感じがするんです。ライブを見終わった後に、ファンの仲間たちと解散したときに沙羅の花の咲いているお寺を通っていく。実際にあったんだろうなという感じがして、それを取捨選択しないというか。それは俳句になるとか、これは俳句にしないとかっていう風に振り分けていくのではなくて、それが起こったらそのまま十七音にするというような。こういう書き方がもしかしたら次の時代の俳句を拓いていくのかなと思いつつ読みました。普通だったらもっとそれらしくライブ後の寂しさみたいなものを演出するような季語をつけるんでしょうけれど、沙羅の花をつけるところがある種日記的記録的なものではあるんですけれども、今までの、少なくとも私の考える俳句の書き方にはなかったので新鮮な思いはしました。秀句をあげていきますと、「**台風は去って真昼のオムライス**(74)」「**七五三くちべにすべて舐めつくす**(127)」これも子どもがせっかく塗ってもらった口紅を、気持ち悪いんでしょうね、全部舐めてしまった。リアリティがあると思います。「**桜餅女優はおやゆびもきれい**(139)」桜餅を食べながら自分の親指と女優さんの親指を比べているのかな。こんなのもちょっとした感慨ですけれどね。生活者の実感があるかなという感じでした。気になったのは、口語文体を取っているんだけど、口語が生きているものだけではないというのはあるかもしれません。この作者の場合、文体においてもかしこまった文語ではなくて、普段話している会話文体で作ると、この内容ともマッチしてくるんじゃないかと思うんですが、口語は口語ですでにあるパターンが開拓されているので、自分の口語文体を探していかないといけない。そこがまだ、独自の自分の口語文体になっていないような感じがするので、開拓する余地はあるのかなという気がしました。

司会：ありがとうございました。髙田選考委員、お願いします。

髙田：楽しそうですよね。高校時代から作られていたということで、章立てもそのようになさっていらっしゃる。高校時代の自分に戻るためにはその章に行けばいいという感じの作りになっているので、第一句集の在り方として、自分にとっての宝箱に仕上がっているんじゃないかと思いました。第3章が大学時代の章でしょうか。「**息継ぎのように黒板見上げ夏**（69）」これも黒板というものが生活の中にあった時代が詠めています。自分にもそういう時代がありましたから色々思い出しつつ、「息継ぎのように」はなるほどなあと思いました。「**向日葵のうなじの少し冷えている**（70）」大学の時代のほうが大人っぽい感じですよね。「**電球のかたちを濡らす春の雨**（88）」「雨」と「濡らす」は縁語ですが、電球を濡らすのではなく、電球のかたちを濡らすという捉え方をなさっている。この章の句に私はいちばんふせんを立てています。「**さっきまでピアノの部屋の蝶だった**（11）」これも好きです。口語で作られているので私がいつも読む句集の感じではありませんが、さっきまでの蝶を取り巻く環境と、今の環境と。それに対する人間たちのふるまいも。そんなことも思わせられる句だと思いました。どっちかというと、大学を卒業されてからの方が幼い感じになっています。これはあえてなさっているのかなとも思いますが、行き過ぎると、舌足らずなしゃべり方が「可愛いでしょ?」と言っているような大人が見えてくる。ただそれは口語で作ると陥るところなのかもしれません。その辺の加減をご自身で調整しつつ新たな地平を目指して頂きたいと思います。

加藤又三郎句集『森』

司会：ありがとうございました。次は加藤又三郎さんの『森』です。『森』は8月30日に邑書林から刊行されました。加藤さんは１９７７年生まれの44歳、『森』が第一句集です。「鷹」の同人、俳人協会の会員です。ではこちらは髙柳選考委員からお願いします。

髙柳：はきはきとした、「鷹」の伝統的な型に則った切れ味のいい文体で書かれているんですけれど、内容に独特の翳りがあるというのかな。「**片陰や指名手配に若き顔**（59）」こんな若いのに犯罪に手を染めて指名手配になってしまった。片陰に貼ってあるポスターを眺めているんだと思いますけれど。「**種を蒔く硝子のビルの管理人**（114）」ぎしぎしとビルが立ち並んだ都会の中でも、小さなプランターや花壇みたいなところへ一生懸命種を蒔いている。世界の酷薄な一面、時に見せる残酷さみたいなところにこの作者の眼は行きがちなのかなと思います。「**鉛筆の軽さの死あり虎落笛**（72）」というのもひとつの例かなと思うんですよね。鉛筆に例えられると、この方は生前鉛筆を使った事務といったお仕事をされてきたのか、実直に生きてきたけれど死んでしまうと、実直な生き様であるがゆえにというのかな。たちまちその人生が消えてしまったことの虚しさみたいなものが感じられてくるんですね。世界の酷薄な面に向き合う。そうすると倦怠感だったり投げやりな気持ちだったり、もうこんな世の中なんてどうでもいい、というような面も時々覗かせつつ、中に時々現れる妻の存在というのかな、よく妻が出てくるんですけれどね。「**白玉なども妻**

に捧げるもののうち（117）」かなり神聖化された妻が出てきます。妻の描き方としては類型的なのかもしれませんけれど、この句集の中に出てくると酷薄な世界を生き抜くパートナーとして非常に信頼と愛情を寄せている。妻の俳句が出てくるとちょっとほっとするようなところもありますね。酷薄な世界の一面で言えば「**パーティーの皿を触ってから寒し**（47）」「**金亀子だれかがだれか笑う雨**（38）」雨音にも嘲笑みたいなものを聞きつけてしまう感じですよね。そう見てくると表題句である「**囀や頭の中も外も森**（78）」この句の「森」というタイトルになったものも心の中のわだかまりとか、どうしようもない、払いがたいマイナスの感情のメタファのようにも感じられてきます。陽と陰、めりはりの利いた一集だなと思いました。この方の世界の見方、独特のものがあると思うんですけれども、ふっと平凡な句が出てしまうのが惜しまれるところではありますね。「**菜の花や貨車ながながと橋渡る**（36）」というのは、ごく普通の句と言いますか、この作者のものの見方があまり生かされていないなという風に思います。「**ラジオよりニートの持論春の昼**（55）」ラジオよりニートの持論が聞こえてくるというのは、この方らしい関心の持ち方だなあと思うんですね。じゃあニート、働かなくて勉強もしていない、その人がしゃべっていることに対して作者はどんなことを感じたのかな。次の展開が気になって来るんですけれど「春の昼」なんですよね。ちょっとこの付け方は言ってみれば逃げてしまった、ふわっとまとめてしまった感じです。ニートに対する思いが全然季語として出ていないので、ちょっとこの辺はまとめすぎてしまったのかなと思うんです。むしろ、もっと癖を出していけばいい方なのかなと思いました。そんなところです。

司会：ありがとうございました。では関選考委員、お願いします。

関：全体にかっちり出来ている句集ですけれども、この作者独自のものがどれだけ出ているかというところでやや物足りない句集ではありました。いい句もあるんですが、気になるところを先にあげてしまうと、時候・天文・地理あたりの季語が取り合わせ的についている句が、季語がついたところで新鮮味がなくなってしまって、類想とまではいかないけれど今までに見てきた句だなとなってしまうところがちょくちょくありました。「**歯車に回る歯車蝶の昼**（83）」この「蝶の昼」もどこかで見たような感じになるし、「**鳥多きヒエログリフや春の暮**（108）」ヒエログリフはエジプトの壁画なんかにある象形文字ですけれども、それに「春の暮」がついてしまうのもちそれなりの情感を生んではいますがインパクトはなく、面白い文様みたいなものを眺めているだけになってしまう。「**ぺしゃんこの古き空缶山眠る**（136）」これは取り合わせというか、実際に山の中で空き缶がそういう状態になっていたとも考えられて、まったく生きていないということはないですが、それで驚くということでもない。「**日盛や首に巻き付く社員証**（122）」この「日盛」も「首に巻き付く社員証」で会社の機構に囚われている鬱陶しさに対して予定調和的というか説明的なつき方になる。「**万両やピン芸人のマネージャー**（101）」これはこの素材に対してどう思っているのかがあまり伝わって来ないし、「ピン芸人」という俗語もポエジーがあるわけでもなく特に何かの効果もないのではないかという気がしました。頂いた句は「**南極に氷崩るる日傘かな**（87）」これは小川軽舟さんが序文で取っていましたね。種を明かすと地球温暖化の話ということになってしまうんですけど、南極というと遠いところでイメージだけになるから月並みになりがちなんですが、それを受け止めるのが日傘という物件としてはごく軽いもので、それをかな止めで受け止めている。このバランスはいいですね。遠さと、自分の身近なところとが有機的に関わりあっている。それを物だけで表わしている。かな止めで俳句としてのバランスもかっちりできています。「**八月の森に錨を下ろしけり**（91）」これは暗喩の句で、実際に錨を持って来たということではなくて、八月の森に来てそこで腰を落ち着けて森に浸ってしまったという取り方でいいと思うんですが、この場合は「錨を下ろす」という暗喩がそんなに臭くなく、「ああ、ここで落ち着いたんだな」ということが伝わる。それでそこに腰を下ろしてじっとしている人の体も、一個人の肉体であることを超えて森に通じる生命体になりかけている。そういうところまで感じ取れます。「**空蟬の目にはじめての空流る**（123）」空蟬はああいう虫の形をそのまま留めているものなので、それを独自の生命を持っているように見る句はよくあるんですけれども、「はじめての空」というのが、空蟬という形になって取り残されてからはじめての空になっていて、不思議な抒情がある句だと思いました。「**青田風火葬場の飯平らげて**（20）」これもよく出来ている、実感のある句ですね。そんなに悲しみがないというのも、これも小川軽舟さんが序文で言っています。隣近所や仕事場なのかもしれませんが、付き合いの中でお葬式に行ってこういうシーンがある。共同体が生きている中で生活しているという要素がよく出ている。地方では特にそうかもしれませんが火葬場って住宅地に作れなくて、そこから先は田んぼしかないような外れのところに出来るわけです。そこで葬式をやって飯を食っている要素も出て、外は明るく、土地柄もちょっと出てくる。取り合わせ的な季語がついていますが上手く行って面白い効果が出たかなと思ったのが「**スーパーに女集まる春の昼**（76）」スーパーに女性客が集まっているのは当たり前ですが「春の昼」というぽっかりとした季語をつけてどうなるかって言うと、単なる日常生活のひとコマがポール・デルヴォーの絵みたいな不可思議な美しさを帯びてくる感じがある。スーパーって私は年中行っていますけれど、午前中から昼くらいは老人客がぎっしりいて、それから晩飯準備の時間帯になると今度は主婦層の女性客と中高年男性が半々くらいですか。だから女ばかりという風に出されるとこれは専業主婦がいっぱいいる高級住宅地のスーパーなんじゃないかというイメージも浮いてきますね。まあこれはどうでもいい読みですけれど（笑）。ほどほどに巧い句はいくつもあるんですけれど、もう少し自分の世界をこれから深める人なんじゃないかと思いました。以上です。

司会：ありがとうございました。では髙田選考委員、お願いします。

髙田：関さんの今のスーパーの鑑賞がすごく面白くて（笑）。思わず拍手してしまいました。私が一番好きだったのは「**道ができコンビニができ葱坊主**（114）」ですね。「**八月の森に錨を下ろしけり**（91）」という句があったように、森と思われるところに腰を落ち着けて定住しはじめたにも関わらず、いつしか道が敷かれてそこにはコンビニもできてしまって、もちろん便利にはなったんだけど何だかちょっと違うなあ、だけどまだ畑も残っていて、今葱坊主が並んでいますよ。と、こういう風に受け止めたんですけれども。ここに落ち着いて10年と書いてありましたね。その10年の時間の経過みたいなものを詠み込んで、そして今、２０２０年の現在に時制を合わせながら詠まれたこの句が一番好きでした。比喩の句としては、直喩と隠喩の句を一つずつあげますと、先ほどの「**八月の森に錨を下ろしけり**（91）」。森だから本来錨を下ろすところではないんだけれども、錨を下ろすという喩えをしたくなるような意識があったのだろうと作者に近づいていって読むと味が出る気がします。「如く」を使ったものについては「**寒雀火の粉のごとく散りてなし**（53）」。「寒雀」

と言えばその存在を示すことになりますが、結局それが散ってしまっていないという今に帰着している。そして消え方が「火の粉のごとく」。寒雀というとふくらんでいて可愛いとかそんな感じで読んでしまいそうなところを、ぱっと弾けていなくなったというのが面白いなと思いました。この人の喩え方がユニークだと思ったのは、今の寒雀も良かったんですが「**春月や斧の重さの赤ん坊**（77）」赤ん坊を「斧の重さ」って、自分で赤ん坊を産んだ人には言えそうにない、喩えられないようなもののような気がします。どういう鑑賞がこれに与えられるかは人によって変わってくるんじゃないかとは思うんですが、いろいろな解を呼び起こす一句だ思います。ですがユニークなところもありながら今のところほどほどのところで留まっているような気がするので、もう少し掘り進めていただいて面白い句集を、と願います。以上です。

司会：ありがとうございました。では佐藤選考委員、お願いします。

佐藤：可能性をすごく感じた印象です。素朴に言葉を使っている句がいいんじゃないかと思いました。「**台風や力の限り風呂掃除**（25）」これ、「力の限り」なんて逆になかなか言わないですよね。ここがこの句の見どころだと私は思いました。「**檄飛ばす小さきキーパー雲の峰**（61）」対比がしっかり出過ぎてしまっているんですが、子どもながら一生懸命檄を飛ばしているというけなげさ、こういう対象を真っ直ぐに見て捉えているところはこの方の良さじゃないかなと思いました。さっき髙田さんがあげて下さった「**道ができコンビニができ葱坊主**（114）」この辺も変わりゆく街の様子を時間軸を縮めて見せてくれているようなところがありました。葱坊主という季語もいいと思います。ただ他の方もおっしゃって下さったように、季語がこれでは動くのではないか、あるいはどう機能しているのかなと悩ましい句もありました。先ほどの「**万両やピン芸人のマネージャー**（101）」はまさしくそうです。「万両」の位置がこれはどこに置かれている万両なんだろう。まずそこが見えてこない。同じようなタイプで言うと「**梧桐やきれいに食べる焼魚**（39）」梧桐は街路樹だとか、もちろん庭木にあってもいいんですけれど、梧桐だとやっぱりどこでこの「焼魚」を頂いているのかなと、まずそこがちょっと景として定まり難いところがあります。結局のところ「きれいに食べる焼魚」というところにオリジナリティがまだ不十分だから、梧桐が効ききっていないんじゃないかなと思うんです。描く力、描写力がもう少し緻密になってくると、動く感じというのも解消してくると思います。素朴な言葉遣いがいい反面、一方では無防備に感じられてしまうところもあったのではないか。その辺が課題なのではないかと思います。もう一つ気になったのは少し唐突な句がいくつかあって、私が一番頭を悩ませたのは「**父祖の地はみんなアフリカ南風吹く**（57）」という句でした。「父祖の地はみんなアフリカ」、これは黒人の方々のことを言っているのか、あるいは動物園の動物のことを言っているのか、あるいはもともとアウストラロピテクスがアフリカにいたと言いますから、全人類の父祖がアフリカにいたということが言いたいのか。要するにこのフレーズが何を言おうとしているのかちょっと分かりかねます。色んな可能性がありすぎて、読者を悩ませてしまう。そういったことも少し思いました。最初に申し上げたように、可能性はすごく感じた句集です。もう少しブラッシュアップが必要なんじゃないかなという気がしました。ひとつは表現力ということと、それから季語をどうやって一句の中で生かしていくのかということを是非今後課題としてやっていただけたらなと思っています。

赤野四羽句集『ホフリ』

司会：ありがとうございました。では赤野四羽さんの『ホフリ』です。9月30日の刊行でRANGAI文庫さんから刊行されています。赤野さんは1977年生まれの44歳、こちらは第3句集で、第1句集『世界を俳に』は第7回、第2句集『夜蟻』は第10回の田中裕明賞にご応募下さっています。第34回現代俳句新人賞を受賞されています。楽園俳句会に所属されていて、現代俳句協会の会員でいらっしゃいます。関選考委員からお願いします。

関：これも魅力のある独自の句集でした。タイトルの付け方や作品の世界が暗黒舞踏的な雰囲気もあるような、60年代のアングラ文化を再生しようとしているかのような感じがありまして、普通の客観写生とか花鳥諷詠とかそういう句ではないですね。その中で「**昆虫めく微笑で砂糖水啜《すす》る**(11)」これは「砂糖水啜る」という言い方、「啜る」も微妙にくどい言い回しをわざわざしておいて、「昆虫めく微笑」という。昆虫は普通笑いませんけれども、笑った結果人間離れしたものになってゆく微妙なイメージの不気味な変容が詠まれている。不気味なイメージを出すのは簡単なんですが、説得力を持たせるのは難しい。これは成功しているんじゃないかと思います。「**夏の夜おおきなものがあばれてる**(13)」これは嵐などが来ている夏の夜というのを普通に考えてしまいますが、そうでないかもしれない。何かもっと超越的なものが来ているのかもしれない。世界観がいまいち分からなくて面白いけれどどうなのかというのが「**国営のいもうとの恋白き虹**(18)」「国営のいもうと」がまずわけが分からないんですけれども、あるいは「国営の」は「恋」とか「虹」にかかるのか、あとがきで能楽、舞台をされているようなことを言っているので、そういうフィクショナルな存在がいるということを呑み込んでしまえば面白い。素直というかナイーブな句では**「草泊《くさどまり》みんな生きるのは初めて**（24）」「草泊」は今ほとんど使わない言葉だと思いますけれど、これは草刈りする時に小屋に寝泊まりするということを言うらしい。あんまり今の生活には出てこない季語を使って「みんな生きるのは初めて」というナイーブな実感が共感を呼ぶかたちで出ていますよね。**「煮大根裸体に交じる魔界かな**（35）」これも不思議な混ざり合い方をしていて、煮大根も裸体も日常にあるものかもしれないけれど、それが混じるときのこの混乱ぶりは何だという不気味さの出し方が面白いです。**「褥《しとね》には少年不敵に割れふたり**（68）」これは少年が二人最初から倒れているわけではなくて、割れて二人になっているという不思議な少年ですよね。それが寝床にいる。エロスもあるし不気味な人ならぬ存在という雰囲気もある。これもフィクションの句なんだけれども、割れたと言うことでその嘘に説得力が出てきて面白い。やや残酷味のある句ですが**「火の中の鶉《うずら》は脂ごと眠る**（83）」鶉を食べるために焙られているのかもしれません。それを「眠る」という風に捉えた。死んだら火を通されようがどうしようが反応しないわけで、安眠だか永眠だかを続けつつ、脂を滴らせている。この把握も面白いですね。**「あなたが屠《ほふ》りなさい鶫《つぐみ》の血の為に**（90）」これは句集の表題句かもしれないんですけど、メッセージの内容としてはよく分からないかたちにしてある。何を何のためにしろと言っているのか。一種の超越志向的な句かもしれません。ただこの句集全体でそうなんですが、超越志向的な、意味の彼方へ突っ走っていって、その向こう側を見せるというところまでは別に目指していない感じがする。そこがこの句集の一つの特徴というかひょっとしたら弱点かもしれませんけれども、読者からすると謎めいたイメージ、怪しげなイメージが出てきてそれを楽しむしかないんだけれども、それが本当に謎というほどのものでもなくて、作者としては出所が全部分かっているのかもしれないという雰囲気が多少あるんですよ、句集全体に。材料の出方で言うと「**浅川マキの残滓《ざんし》を啜《すす》る朧月**（108）」があって、これは時代風俗と密着してしまうところとか、「**＃《ハッシュタグ》弥勒菩薩《みろくぼさつ》が来ない件**（54）」これはツイッターでのハッシュタグでしょうが、ここら辺の風俗性への落とし様が入ってくるのでそんなに超越志向的な句集には見えない。こういう形でフィクションで、一つの巨大な連作というか句集全体で一つの別世界を作るようなやり方で、そこに何がかかっているか。作者が何をしようとしているのか。そこが分かるような分からないようなもどかしさを若干感じるんですよね。「**やがて森へ至る裸体の写真展**（114）」裸体の写真展が森へ至るというのは、『裸体の森へ』という写真論集が写真評論家の伊藤俊治にありまして、発想の出所としてはひょっとしたらそれかもしれないんですが、だとしてもそれをアレンジした句として出来ていて面白いですね。「**九相図に隠れた蛸を酢で〆《しめ》る**（123）」「九相図」は昔の仏教絵画、人の死骸が腐っていってだんだん骨になる様子を段階を追って描いた絵なんですが、そこに蛸が潜んでいる。それを酢でしめて食べてしまうんでしょう。あれに蛸が潜んでいると言われたら、確かに腐って腸がはみ出る図とかもありますので、いそうな気はする。そこからの発想の飛ばし方、イメージの増殖のさせ方は面白い。アングラカルチャー的なものをかつての60年代の風俗として写生したり懐かしんだりする句集ではないようで、その辺の野暮ったさはないんですが、そういうアングラというかゴシック的な怪しさが流れ込んでいるのが今はオタク文化というかマンガ・アニメの中なので、そういうオタクカルチャー的なものとの距離の取り方がどうなるかというのが、気になるところです。そういう意味で見るとさっきの「**国営のいもうとの恋白き虹**（18）」の他に「**実はおれ魔法少女と告げる雪**（73）」というちょっとマンガっぽい句があって、これは「雪」だけで何とか俳句にしてしまった句なんですが、オタクカルチャー的なものを入れてしまうと全部結局ネタという目で見られることにもなりかねないので、この辺の捌き方が難しいかもしれません。そこをどこまで考えているかも読み切れない感じが少ししました。そういうものに侵食された日常を土台にして別世界を作るとこういうものになるのかという見方もできるので、非常に興味深いものではありますが評価として圧倒されるという感じではなかったです。

司会：ありがとうございました。髙田選考委員、お願いします。

髙田：読み取りが悩ましい句集でした。表紙に10句載っていたので、それをヒントに読み解きを試みました。まず「**いきるとはつたえることや秋の雲**（22）」この「つたえる」をキーワードにして読み始めましたら、「**ねえねえねえ鵙《もず》の頭の問い殺し**（28）」「**ええそうです私が柿を置きました**（29）」という呼応が出てきました。相手がいて発していると思える言葉がこの辺りから目立つようになってきます。自分の中のイメージを自分で遊んでいるだけのように見えながら、誰かと繋がりたいのだろうかと思いながら読みました。逐一意味を取る必要はないかもしれませんけれど、言葉のひとつひとつには意味がありますし、助詞にも働きというものがありますから、読者としてはやはり考えます。だから中身がぎっちり詰まった句が並んでいると身動きが取れない感じがあって、息が詰まります。かと思うと逆に分かり過ぎる句もあったりして、あんばいが難しいと思いました。ちょっとスカスカした句は、こちらが寄っていく余地があるので、私には読みやすいです。例えば「**斑**《はん》**猫**《みょう》**を追って露西亜の移民街**(17)」これは意味をどうこうというよりも「斑猫」というところから色と言うものを私は思いました。この句からは色を読み取ればいい、そんな読み方をしてみようと思いました。「**輪になって一人は秋の陽**《ひ》**に消えて**(21)」これは難しい意味があるのかもしれませんが、私は輪になった時の、逆光になった瞬間として読んでみました。「**獲ってみろといわんばかりのこの橙**《だいだい》(23)」これは作者と橙の位置というのをヒントにして読もうと思いました。「**ほうき星苦しみを引きちぎりたい**(27)」これは「ほうき星」ですから「速度」ですよね。「苦しみを引きちぎ」るほどの「速度」を感じてみました。そんな感じで読んで行ったんですが。「**雨よ永い永い昼寝ということか**(123)」これは「死」と読むと「永い永い昼寝」が分かりますが、そう取ってしまうとつまらなくなるかも。言葉とまっすぐに向き合えなかったところが私にとっては辛かったところです。表紙に始まり独自の世界を構築なさっていて、入りやすさは人によって違うかもしれませんが、ある意味では強さというものを感じた句集でした。

司会：ありがとうございました。では佐藤選考委員、お願いします。

佐藤：世界に対しての違和感というか、心地よく世界を捉えていないですね。ある種の不穏さみたいなものがこの句集の通奏低音として流れています。髙田さんが言われたような独自の世界を構築しているとは思います。ただ、少し読者にとっては負荷が大きいというか入り込みにくい印象がこの句集にはあったんじゃないかと思います。例えば私が注目した句は、これも不気味な感じですが「**人形と人間混じる霞**《かすみ》**かな**(50)」霞んだ世界の中に人形と人間が、この感じだとほぼ同じくらいの割合で入り混じっているような印象を受けますね。実際には人間の方が遥かに数は多いはずなんだけれども、生身の人間も作られた人形のようにこの人には捉えられているのかもしれません。人間が住んでいるはずの世界が半分虚の世界に変わろうとしているような不気味さは面白いなと思って読みました。根底には何か孤独感のようなものがあるのかなとも思いました。「**君つれて綿虫《わたむし》が来る一緒に住む**(30)」要は恋人がやってきたということかもしれないけれど、その恋人が綿虫を連れてきたんじゃなくて、綿虫が恋人を連れてきた。こういう把握は空恐ろしさも感じるし、その関係も深く切り結ぶようなところに行くのか行かないのか、ちょっと不穏な雲行きを感じます。こういうところに他者との関わりにおける淡い関係というものを感じたりして注目をしたところです。ただ私はさっき関さんがあげていた「**国宮のいもうとの恋白き虹**(18)」というのはかなり違和感がありましたね。面白いコロケーションだとは思いますがあまりに負荷が大きすぎて、この句をどう読んでいいのか。悩ましいという印象の方が私には大きかったと思います。「**いきるとはつたえることや秋の雲**(22)」こういう句が果たしてこの句集の中では必要だったんでしょうか。私の中ではむしろ違和感が強かったかもしれません。「いきるとはつたえることや」というのはもしかしたらこの作者が俳句を通してやろうとしていることをそのまま言葉にしているのかもしれないんですが、ちょっと説教臭いという感じもしました。そういう意味で言うと句集の最後に置かれている「**一生という落としものあり花潜《ばなむぐり》**(124)」も、あまりにもフレーズが出来すぎちゃっているというか、上手く行きすぎている。句集全体を通して不穏な空気を構築しようとしているのだとすれば、今あげたような句は本当に必要だったのかとも思ってしまいます。先ほど関さんがもどかしさということをあげていましたが、私も同じようなことを感じます。何かしら新しいものを作り上げようとする意欲などは感じつつも、そこに入り込みきれないもどかしさを私もこの句集を読んで強く感じました。

司会：ありがとうございました。髙柳選考委員、お願いします。

髙柳：「**街中の正気を洗う春時雨**（108）」「正気を洗う」とはあまり言わないと思うんですね。そこが面白い。一般的な市民感覚では、正気であるということは生活の前提のようなものなので、それを洗ってしまってはいけない。「狂気を洗う」だったらよく分かるんですけど。この方にとっては正気の裏にある狂気こそに踏み込んでいきたいというか、あるいは世間で正気と呼ばれているものは実は狂気なんじゃないか。そういうようなスタンスなのかなと。だとすれば読者としても狂気を装ってと言いますかね、ある種の風狂の気分でこの句集に向き合ったらいいのかなと思いながら読みました。現実にはあり得ないような幻想のイメージみたいなものを楽しめばいいのかなと思いました。「**夏蝶の渦や大風沸《わ》き立たせ**（113）」夏蝶の大きな羽根に渦のようなものが見えたんでしょうね。そうすると夏蝶の外の世界、羽を超えて広い世界の中にも渦、渦巻いてこちらを吹き飛ばし、引きちぎるような巨大なつむじ風が起こったというような幻想的なイメージを楽しみましたし、「**猫の目は泉それから金貨かな**（119）」猫の思考や実存みたいなものってなかなか摑みがたいところがありますよね。謎めいた存在です。それがよく目に現れていて、泉にも見えるし金貨にも見える。怪しげな、かつ美しい感じというのがよく出ているんじゃないかと思います。「**ぽすとあぽかりぷす桜で飲んでます**（42）」ひらがなで書いているのは何でしょうか。現実の生々しさみたいなものを薄めるためなのかもしれません。バーチャル・リアリティみたいな、偽物の文明崩壊、アポカリプスは文明の崩壊、終焉のことですよね。そういうつもりになっているということをひらがなで表わしているのかもしれませんけどね。そういったすべての世界の文明が崩壊した後のような気持ちで今桜の下で花見をしています。そこで飲んだくれています（笑）ということですよね。世の中がどうなろうが、自分たちはここで思う存分享楽するんだというようなふてぶてしさみたいなものがあって、これも面白かったです。表題句の、関さんもあげておられた「**あなたが屠《ほふ》りなさい鶫《つぐみ》の血の為に**（90）」は、確かに私もよく分からなかったんですけれどね。何となく鶫がこれから食べられるんじゃないかと言ったところから、「マザー・グース」に出てくる「六ペンスのうたをうたおう」を思い起こしました。マザー・グース自体もよく分からない詩ですよね。意味やメッセージ性があるわけでもなく、ちょっと残酷なイメージが展開したりしますよね。そのマザー・グースの中に出てくるのが、鶫をパイに入れて焼いてしまうんですよね。そういう風にある種の残酷な、グロテスクなニュアンスを帯びて、痛ましさや気持ち悪さみたいなものをここから感じ取ればいいのかなと思いました。分からない句ではあるんですけれど、惹かれるところはありましたね。私が気になったのは、調べの停滞感といったところかな。口にした時に、唇に乗らないというか言いずらい句が結構あって、もともと口に出して朗誦されることを意図していないのかもしれないですけれど。やっぱり俳句である以上は朗誦性というところは欠かせないのかなと私なんかは思うので、もう少し調べみたいなことを口にした時に何かしら、五七五にぴったり当てはまっていなくてもいいです。独自のリズムというものもありますからね。口にしたときの心地よさみたいなものを意識するといいのかなあという感じです。「**たった百年前にいない俺と穴熊**（31）」ちょっと調べが悪い感じがするんです。逆にしてみるとどうかなあとかおもうんですね。「俺と穴熊たった百年前にいない」こっちの方がいいような気もするし、でも作者には作者の狙いがあってこの語順にしているのかもしれないですけどね。この句に限らず調べの停滞感みたいなものは気になるところでした。

佐藤智子句集『ぜんぶ残して湖へ』

司会：ありがとうございました。では最後の句集です。佐藤智子さんの『ぜんぶ残して湖へ』です。11月30日に左右社から刊行されています。佐藤さんは１９８０年生まれの41歳で、こちらが第一句集です。その他の情報は書かれていません。こちらは髙田選考委員からお願いしていいですか。

髙田：まず装幀が本当にきれいで、ポップで楽しいなあと思いました。そして句集を開けると黄色い栞が出てきまして、これもすごく彩りが美しくて。昔の句集とは違って、ポップで持っているとお洒落になれるイメージ。それも今風というものなのかなと思いました。中の句も重くない、栞に佐藤さんが読み解きを書かれていましたけれども、音のつながりであったり、季語や言葉の意味を離れたところの意味があって。栞の指し示す軽快さを受け止めていけば、軽快に読んでいけますけどね。前にも取り上げましたが栞の「今、わあっ！　と『わかる』俳句が、俳句にはどうしても要る」というフレーズが私には印象に残っているのですが、でもその「わあっ！　と『わかる』」ように伝えたいものが何なのかということが分からない。栞の元は真四角の紙も、少しずらして折るとまったく違うものに見えるように、目くらましをかけられたままそれが解けずにいるのかもしれないなあと私は思っております。中では「**お祈りをしたですホットウイスキー**(119)」。「したです」は舌足らずな言い方ですが、「ホットウイスキーに酔っているのですよね。だからいつもは別にお祈りをしたことを語る人でもないんだけれども、心地よい酔いを表現しようとして「したです」を選ばれたのかなと思いました。「**喉きゅっとしまるほど今行きたい橋**(121)」。「橋」というのが謎ではあるんですけれど、喉がきゅっとしまるという、何かをとってもしたい時、切望する時に喉がしまるというその感覚は共感できます。ひとつひとつもっと時間をかけてゆっくり向き合ってゆくと、書かれているものの向こう側みたいなものが見えるかもしれませんけれども、でもその読み方は「わあっ！　とわかる」の逆をいくことになる気もします。読み取りの難しい句集であったなあというのが私の実感です。でも表紙のように楽しんで作っていらっしゃる気持ちは伝わってきました。以上です。

司会：ありがとうございました。髙柳選考委員、お願いします。

髙柳：冒頭に述べた「現在のリアリズムって何だろう」ということをとりわけよく考えさせられたのがこの句集でした。基本的に我々は高浜虚子の客観写生というものに大きく影響を受けて俳句を作っているので、現実を取捨選択したりとか、誇張したりとか、逆に切り捨てたりとかして俳句を作っているんです。が、この作者はどちらかと言えば碧梧桐の「無中心主義」と言うんでしょうかね、あえて俳句の中で「これを詠むんだ」という作為を払って作る。無中心主義の作り方で作っているのかなと思ったんですね。冒頭近くに「**スヌーズやちりとりに降る春の雪**(10)」というのがあって、これは本当に無中心だなと思ったんです。スヌーズが働いているということは、朝、目覚まし時計をセットしたんだけど起きられなくて、しばらくまた追加で鳴っている状況ですよね。外を見てみたら春の雪が降っていて、その春の雪が出しっぱなしのちりとりの上に降っていたという感じかな。だから起きられなくて辛いなあというところに中心があるのか、朝にちりとりが外に置きっぱなしになっているコミカルな感じが中心なのか、ちりとりの上に春の雪が降っている景色もなかなか悪くないんじゃないかみたいなところにあるのか。焦点をあえて定めていない感じがするんですね。ある朝の個人、私の見たものというのかな。私の風景というものが描かれている。これは極端な例かもしれないんですが、それが全体に通底しているような感じがしました。現実を本当の意味でそのまま言葉にしているという。でも碧梧桐は結局定型も崩してしまいましたけれど、この作者は定型は崩さずに基本的には五七五の韻律を守りつつも、しかし内実は無中心なところに踏み込んでいるのかなという感じがしました。でも私が採れた句、いいなと思った句は割とその中でも焦点の定まった句になってしまったんですけれどね。というのは、これも大きな問題ですけれども、言葉が現実をなぞるのではなくて、言葉が現実を超える瞬間が見たくて俳句をやっている、みたいなところがあるんですね。だから優れた俳句というのは現実を超えた崇高さや美麗さを見せるものではないかと。確かに自分を取り巻く現実はすごく面白いし、それをそのまま言うだけでも十分詠む価値はあるとは思うんですけど、でもあくまでそれは現実に従属しているのではないか。だから今どき崇高さや格調の高さなんて言うのは野暮ったいのかもしれないんだけど、私としてはどうしてもそういうものを俳句や文芸、もっと広く言えば芸術に求めているところがあるので、こういうスヌーズみたいな句はちょっと違和感があったというのが正直なところです。私が頂いたのは「**コンビニの食べていい席柳の芽**（16）」というのは割と焦点が定まっているかな。コンビニの中の、買ったお弁当とかを食べてくださいっていうブースがありますよね。そこに座って、「柳の芽」というのはいかにも街路樹で植えられている柳が春になって芽吹いているというのはありそうな光景ですしね。その柳がガラス越しに見えているとかね。コンビニでご飯を食べるのも悪くないなというような気持ちがちゃんと伝わってくる。現実は雑多で混沌としているので、その中からこれ、コンビニでご飯を食べる楽しさを詠むというのは、ある選択をしてしまってはいて、かなり切り落としてしまったものも多いんだけど、少なくともこちらの方が私には馴染んだ俳句の作り方という感じがしました。「**ライラック換気しないでずっと夜**（24）」「**魚焼きグリルを洗う枇杷の家**（43）」すごくプライベートなところを見ちゃったなあという、ちょっと照れくささみたいなものを感じましたね。「**月上る生ハムをお皿に貼って**（72）」確かに生ハムって「盛る」というよりは「貼る」という感じだなあと、そういう納得感がありますしね。「**やわらかいタウンページと鱈の鍋**（109）」古いタウンページを鍋敷きにしているのかな。そんなに豪華な食材とかリッチな家具があるわけじゃないんだけど、今の自分の生活を楽しんでいるんだなという感じがします。私が頂いたのはそんな感じかな。この作者が目指しているところが実現されている句はいま私があげた句の別にあるのかなと思いますし、私が言うリアリティと作者が考えるリアリティというのはまたちょっと違うのかもしれませんけれどね。何となく現代短歌に近いような印象を私は覚えるんですね、こういう無中心的な作り方というのは。短歌に近づいていくのか、今まで通りの写生の方法を突き詰めていくのか、あるいは何かしらブラッシュアップというのかな、価値観のアップデートが起こるのか。その辺りをこの句集を契機にあれこれ考えさせられたという句集でした。以上です。

司会：ありがとうございました。では佐藤選考委員、お願いします。

佐藤：髙田さんはポップな印象とおっしゃっていましたが、私も同じようなことを思いました。あと、髙柳さんが最後におっしゃった短歌に近いというのは、ああそれはそうだ、なるほどな、という思いでお聞きしていました。どこまでが作者が狙ってやっているのかなというところが正直分かりかねましたね。たとえば言葉遣い、「**医薬品買って二月の辻に居る**(8)」「医薬品」という言葉は普段使わないと思うんですね。例えば「風邪薬買って二月の辻に居る」これは分かります。けれど、これから医薬品を買いに行くだとか、医薬品を買って帰ってきただとか、「医薬品」という言葉は普通の日常会話では出て来ないと思います。この言葉をなぜここで選んだのかということに私はとても引っかかります。それが何か狙いがあってやっているのかどうか、読者に謎を残してしまうということです。同じようなタイプの言葉遣いで言うと「**早春のコーンポタージュ真善美**(9)」この「真善美」もかなり唐突な感じがします。この辺り、どういう意図でやっていらっしゃるのかなと、読者としては悩ましかったところです。あとはコロケーションというか、特に副詞的な言葉に引っかかりました。「**あらかじめしけったもなか青嵐**(36)」「あらかじめしけった」も絶対に普通は言わないですね。いつの間にかしけっていたというのが普通の感覚です。誰かに「あらかじめしけった」最中を出す人はいないですし。この「あらかじめ」というのが何を意図しているのか、こういうところにやはり私は引っかかります。「**さぞ緑雨立膝をして爪を塗る**(41)」「さぞ」という副詞は普通「さぞ緑雨が降ったんだろう」とか、後ろに推量を伴う副詞なんですけれど、「さぞ緑雨」だけで止められてしまうと、これは何を言いたかったのかなあと悩ましくなりますね。それをすごく無防備にやってしまっているのか、あるいは何かしら意図をもってわざと違和感のある副詞を使っているのか。そこが全体を読み終えた後でも最後まで納得しきれなかったというのが私の正直な感想です。季語の使い方も「**夏の茂セコムか何か鳴り続け**(48)」、「茂」自体が夏の季語ですから「夏の茂」とは普通は言わない。もちろん「春の蝶」「秋の月」というような作句例もないわけではないですけれども、果たしてこの句の「夏の茂」は本当に「夏の」と言う必要があったのか。「**夕方の春林と鳴るレインコート**(26)」普通「しゅんりん」というと「春霖」、春の長雨としての季語ですよね。私は「レインコート」だから最初は「春霖」のことを言っているのかなと思ったんですけど、これは春の林と書いてあるんですよね。そうするとこれは長雨の方ではなくて春の林の意味でこの句は使っているのかな。でもこれを「春林」とは普通言わないですよね。この辺りの季語の使い方なんかも私はちょっと違和感を持って読みました。ポップさがすごく上手く行けばいいんだろうと思うんですね。例えば「**冬を愛すビオフェルミンのざらざらも**(107)」「**悪い人いるね手酌で黒ラベル**(57)」「**ペリエ真水に戻りて偲ぶだれをだれが**(60)」こういう句はやろうとしていることが新しいと思いました。それがどこまで上手く行っているか、詩に昇華しきれているかというところの点検が必要かと思います。私の印象としては、一読してこの人は写生から遠いところにいるなあと思っていたんですね。それは髙柳さんがおっしゃったように、虚子的な作り方とはまったく違うところでやっているという言い方もできるなと思ったし、短歌に近いということも結局そういうことだと思います。いわゆる一般的に言われている客観写生からかなり外れた路線をやろうとしているのだろうということは、皆さんのお話を伺っていて理解しました。それが本当にちゃんと成果をあげているのか、上手く行っているのかというところに関しては、私はちょっと評価しきれなかった。そういう印象を持ちました。

司会：ありがとうございました。では関選考委員、お願いします。

関：これも評価基準を再考させるようなところにある句集で、基準の取り方によっては上位に私の中では来ました。これは俳句を読み慣れている俳句専門の人が俳句として読んでしまうと、かえって真価が摑みづらい種類の作品なんじゃないかと思います。外側の状況として、口語調の現代短歌が今ブームになっていて、普段小説中心の文芸誌である「文學界」が特集を組むということにもなっている。一般読者、短歌俳句なんか全然やらない若い人にもそれがすごく面白がられてどんどん広まっている最中です。書肆侃侃房とかが廉価版の句集を出しはじめたというのもあるんですけど。そういう状況の中で佐藤文香さんが「今、わあっ！　と『わかる』俳句が、俳句にはどうしても要る。」というのは、現代短歌がこれだけ広まって受け入れられている時に俳句の面白さを伝える句集、知的なテキストの面白みに感応する力はあるのに、俳句には馴染みがないという読者に一発で分かる俳句が何でなかなか出てこないんだろうというもどかしさを抱えた中での台詞だと思うんですよ。それがようやく出たと佐藤文香さんが見たのがこの佐藤智子さんの句集なんです。この人は作品だけ見たら20代くらいに見えるんですが、年齢を確認したら40を越えているんですね。年齢相応の要素というのはそんなに感じないですが、割と食事・食べ物の句が多くて題材的には世界が小さい。ただ、限定された世界でもそれで独自の世界を作っていくことは出来るし、口語調だとちょっと幼く見えたりもするんですが、口語調で大家になってしまった池田澄子さんも俳句を始めたのは割と年齢的に遅いはずなので、この人もこれから伸びていく可能性が十二分にあるんじゃないでしょうか。評価基準を変えればというのは、現代短歌の読者に通じるような面白さを持っている、俳句をやっていない人が読んで面白がれるリーダビリティの高さ、同時代性、それから俳句プロパーの読者が読んでもこういう言葉の扱い方は見たことがないという新鮮さ。そこら辺を評価基準に取ったらこれは割と私の中では上位に行きます。短歌に近いという話がちらちら出ていてその通りですし、この句集も今まで出た木田智美さんとかと一緒で気分や感情が割と直に出ている句集ではありますがその気分や感情の在りどころがちょっと変わっていますね。「**夜ごと春めいてリニアモーターカーの駅**(7)」これはリニアモーターカーの駅という、普通の電車の駅ではなくてすごく速いものが走っている、ちょっと未来感のあるものの駅です。その清潔な工業製品的なイメージの中で「春めいて」というのが出てくる。このイメージの出方がひとつ特徴的で、この人の気分というのは自分の中に予めあるものというよりは、周りのものから引き出されるかたちで発見されるものなんでしょう。さっきの「医薬品」みたいにあえてぼかした工業製品的な言い方をしてしまうというところにも出ていますけれども、周りにあるものたちはそういう風に自分に直接関わってくるものではなくて、冷ややかな大量生産品みたいにあって、それはそれなりの清潔さを持っている。そういうものたちに囲まれ、外界からあまりベタベタ関心を持たれないで突き放されていることでその中に包まれている寂しく明るい自足によって救われるという回路がある。そこが短歌に一番通じる要素なんでしょう。だから「**海苔炙るすべての窓が開いていて**(12)」というのがありますが、基本的に開放感があるんですよ。ある気分に浸って、それが自分の部屋の中だけではなくて、必ず外と通じ合っている。多分あまりピンと来ない人が多いんじゃないかと思われる表題句の「**炒り卵ぜんぶ残して湖へ**（28）」この句は何をやっているかと言うと、作ったけれど食欲をなくしてほったらかしちゃったという不調の句ではないんですね。炒り卵を作って、それを残して、突然湖へ行ってしまう。この湖は身投げしにいくわけでもないし、突然強烈に見たくなったというわけでもない。もっと漠然としたものなんだけど湖そのものは明快にある。それで湖を見に行ってしまった自分が書きたいわけではなくて、作った人が食べずに残して湖へ行ってしまったので、オブジェとして炒り卵が残っている。そこが書きたい。だからこれは伝統俳句としての重厚さとか芸術としての高みに一見無縁に見えるかもしれませんけれど、美術の方で言うとポップアートのトム・ウェッセルマンとかロイ・リキテンスタインとか、あそこら辺の描き方と同じことで、ポップなイメージを描いているけれどそれを持ってくることによってファインアートになっている。そういう作りに近いところがある。ポップアートの、マンガを拡大するような絵とか、果物を描いているけれどイメージだけ抽出するようにして平塗りで描いているとか、そういう工業製品的な美意識に描かれたものによって、冷たく明解で、突き放されて明るくてそれが幸せかもしれないという、複雑な感情を持ったイメージがあらわれる。そういうものに囲まれた我々の生活を芸術化しているのであって、この句集もそれに通じるところはあるので、これが一概にナイーブで幼稚とかそういう話にはならないと思います。だからペリエとか製品の名前が入ってくるのも、そういう文脈で取るべきなんでしょうね。この句集の場合、逆に感情的な要素を直に出しすぎてしまった句が私はちょっとダメじゃないかと思います。「**新蕎麦や全部全部嘘じゃないよ南無**（81）」というのがあるのですが、これは感情を言いすぎてこの句集の中では様式として破綻しているんじゃないかという気がします。「**コンビニの袋ごと飲むミルクティー**(27)」これも言葉の扱いがやや荒くて、コンビニの袋は別に飲みはしないので、コンビニの袋ごとミルクティーの容器を持っていてそこから飲んでいるということになるんですけれど、そこをあえて口語調を生かして短絡させてしまうところは、ポップアート的なタッチに通じるというよりも自分に関心が集中しているところが目立つ。食べ物の句だけ詠んでいるわけではなくて、「**まだパジャマ紫陽花が野菜みたいで**(33)」これは起きてまだ着替えもしないでいる、割とのんびりした朝ですね。そこで「紫陽花が野菜みたいで」と言う。これは食べられるものという形での慕わしさが出てきた紫陽花です。実際には食べられないですが、世界の側がよそよそしく自分を突き放してくれることでそれを食べられそうな野菜のように感じ受容されるという独特な感性がこういう句には出ているんじゃないかと思います。こういうポエジーを面白いと思ったら評価は高くなるんですが、この先どうなるかは作者としては分からない感じが若干します。

司会：ありがとうございました。これで応募作品の句集を全部選評して頂いたんですけれども、受賞を決める前に言い足りなかったこととか、この句集について言っておきたいということがありましたらお願いします。

関：さっき西川さんの『サーチライト』で言い忘れたことがあって、今回句集の作り方で工夫しているのがいくつかあったんですが、『サーチライト』で一番凝っているのは奥付です。奥付の書き方が映画のエンドロールになっている。句集「サーチライト」原作　西川火尖「公開鍵」これは北斗賞の応募作品ですね。句集に原作があるのは他にないでしょう。それから協力とか序文とかSpecial Thanksとかが入っていて、最後の「著者　西川火尖」は監督に相当するということでしょう。遊んでいるというか、こういう様式で作った世界観なんですということです。ここまでやった、こういう遊び方は初めてかもしれないです。これで句集の評価が上がるとか下がるというものではないですけれど。世界観がはっきり伝わってくる感じではあります。

司会：西川さんご自身が演出したのかもしれませんね。

関：他の人はやらないでしょう。

司会：版元がやるということもあるかもしれませんが、多分ご本人のご意向があったのかもしれませんね。他にはありませんか？　なければ受賞の決定を進めたいと思います。選考結果で分かるように相子智恵句集『呼応』の得点が高くて、今日の選評を伺った限りでも『呼応』が受賞されるということで問題はないと思うのですが、いかがでしょうか。異議のある方はおっしゃってください。

全員：ないです。

司会：では相子智恵句集『呼応』が第13回田中裕明賞受賞ということで、相子さんにもお知らせしたいと思います。本当に今日は長い間ご丁寧な論評を頂きありがとうございました。

左上から　関悦史、高柳克弘、
左下から　高田正子、佐藤郁良
（敬称略）

選考委員プロフィール

佐藤郁良（さとう・いくら）
一九六八年、東京生まれ。二〇〇一年、高校教諭として俳句甲子園に初引率。二〇〇三年、「銀化」入会。二〇〇七年、句集『海図』にて第三一回俳人協会新人賞受賞。二〇一三年、櫂未知子氏と「群青」創刊。現在、「群青」共同代表、「銀化」同人、俳人協会幹事、日本文藝家協会会員。句集『海図』（ふらんす堂）『星の呼吸』（角川書店）『しなてるや』（ふらんす堂）。著書『俳句のための文語文法入門』（角川学芸出版）『俳句のための文語文法　実作編』（KADOKAWA）『俳句を楽しむ』（岩波ジュニア新書）。

関　悦史（せき・えつし）
一九六九年茨城県土浦市生まれ。二〇〇二年「マクデブルクの館」100句で第一回芝不器男俳句新人賞城戸朱理奨励賞。二〇〇九年「天使としての空間——田中裕明的媒介性について——」で第十一回俳句界評論賞。二〇一一年句集『六十億本の回転する曲がつた棒』刊行。翌年同書で第三回田中裕明賞。二〇一七年句集『花咲く機械状独身者たちの活造り』、評論集『俳句という他界』刊行。「翻車魚」同人。

髙田正子（たかだ・まさこ）

一九五九年岐阜県生まれ。「藍生」所属。俳人協会評議員。NPO「季語と歳時記の会」理事。日本文藝家協会会員。句集に『玩具』（牧羊社）『花実』（俳人協会新人賞・ふらんす堂）、『青麗』（星野立子賞・角川学芸出版）、自註現代俳句シリーズ『髙田正子集』（俳人協会）。著書に『子どもの一句』（ふらんす堂）『黒田杏子の俳句』（深夜叢書社）。ふらんす堂通信「花実集」選者。

髙柳克弘（たかやなぎ・かつひろ）

一九八〇年静岡県浜松市生。二〇〇二年「鷹」に入会、藤田湘子に師事。二〇〇四年俳句研究賞受賞。二〇〇五年藤田湘子逝去。新主宰小川軽舟の下、「鷹」編集長就任。二〇〇八年評論集『凜然たる青春』によって俳人協会評論新人賞受賞。二〇一〇年第一句集『未踏』で第一回田中裕明賞受賞。二〇一七年度および二〇二二年度、Eテレ「NHK俳句」選者。著書に『凜然たる青春』（富士見書房）、『芭蕉の一句』（ふらんす堂）、『未踏』（同）、『寒林』（同）、『涼しき無』（同）、『どれがほんと？万太郎俳句の虚と実』（慶応義塾大学出版）、『蕉門の一句』（ふらんす堂）、『究極の俳句』（中央公論新社）。二〇二二年、児童文学『そらのことばが降ってくる　保健室の俳句会』（ポプラ社）で小学館児童出版文化賞受賞。読売新聞「KODOMO俳句」選者。早稲田大学講師。

過去の受賞句集

二〇一〇年　第一回　田中裕明賞／髙柳克弘句集『未踏』（ふらんす堂）
二〇一一年　第二回　田中裕明賞／該当句集なし
二〇一二年　第三回　田中裕明賞／関悦史句集『六十億本の回転する曲がつた棒』（邑書林）
二〇一三年　第四回　田中裕明賞／津川絵理子句集『はじまりの樹』（ふらんす堂）
二〇一四年　第五回　田中裕明賞／榮猿丸句集『点滅』（ふらんす堂）
　　　　　　　　　　　　　　　　西村麒麟句集『鶉』（私家版）
二〇一五年　第六回　田中裕明賞／鴇田智哉句集『凧と円柱』（ふらんす堂）
二〇一六年　第七回　田中裕明賞／北大路翼句集『天使の涎』（邑書林）
二〇一七年　第八回　田中裕明賞／小津夜景句集『フラワーズ・カンフー』（ふらんす堂）
二〇一八年　第九回　田中裕明賞／小野あらた句集『毫』（ふらんす堂）
二〇一九年　第十回　田中裕明賞／該当句集なし
二〇二〇年　第十一回　田中裕明賞／生駒大祐句集『水界園丁』（港の人）
二〇二一年　第十二回　田中裕明賞／如月真菜句集『琵琶行』（文學の森）

第十三回田中裕明賞

2022.10.01 初版発行

発行人｜山岡喜美子

発行所｜ふらんす堂

〒182-0002 東京都調布市仙川町1-15-38-2F

tel 03-3326-9061　fax 03-3326-6919

url　www.furansudo.com　email　info@furansudo.com

装丁・レイアウト｜和　兎

印刷・製本｜日本ハイコム㈱

定価｜ 500円＋税

ISBN978-4-7814-1515-4 C0095 ¥500E